新　潮　文　庫

さよなら世界の終わり

佐　野　徹　夜　著

新　潮　社　版

11305

目次

さよなら世界の終わり

佐野徹夜

Farewell to the End of the World

by Sano Tetsuya

第一章

The first chapter

1

僕は死にかけると未来を見ることができる。

だからどうした、って感じだけど。

ところで、いつも未来を見る前に、大体決まって思うことがある。

非常階段から屋上に続くドアのノブにベルトをかけて、自分の首を通しながら思う。

死んだらどうなるんだろう。

その知りようもないことに関しては、古今東西様々な人間が妄想を膨らませてきていて、既にうんざりするくらい多様な死後の世界のイメージが氾濫《はんらん》してはいた。でもどれもこれもリアリティがなさ過ぎて嘘《うそ》くさく、信じられそうなものはというと、これがただの一つも見当たらない。

本当はきっと何もかも消えてなくなる。

つまり、無だ。

でも、それって凄《すご》く酷《ひど》いことじゃないか？

だとしたら、生きていることには何の意味も価値もないじゃないか。

　一体何でわざわざ、何もなかったところから生まれてきて、面白くもおかしくもない人生なんてものを通過してから、改めて無に返るなんてまどろっこしいことをしなければならないんだろう？　最初から最後までずーっと無でいいじゃないか。こんな不条理なことってあるか。ふざけんな！　と叫び出したくなるが、その怒りをぶつけるべきはずの相手はというと、僕が生まれるより前に哲学者あたりに殺されたらしく、息をしていない。

　とにかく、もうインスタントに生きる意味や価値を与えてくれるビッグネームはどこにも生き残っていなかったから、あとはせいぜいたまたま目についたガラス玉みたいな希望を胸に抱いて自己完結してしまうか、些《さ》細《さい》な絆《きずな》をありがたがって承認欲求を満たしながら誤魔化していくしかなくなってしまった。それはヘロインが手に入らないからスマートドラッグを代わりにしているようなもので、味気ないことこの上ない。

　結局、幾ら喚《わめ》こうが騒ごうがどうせ死んで無になるんだから、明日でも明後日《あさって》でも五十年後に死ぬのでも一緒で、等しく無意味じゃないかと僕は思う。

　だからどんなにくだらない未来のためでも、命を危険にさらすことに抵抗はなかった。

　例えばそのとき僕が知ろうとしていたのは、無味乾燥なただの三桁《けた》の数字だ。

　学校の昼休みや放課後なんて、本当に何をしていいかわからない。特に知りたい未来もなければ他にやりたいこともなかったので、仕方なく暇つぶしのために始めたのがナンバーズを使った小金稼ぎだった。

力を使って大金を手にしても、高校生では持て余してしまう。ナンバーズ3なら当選してもせいぜい一度に数万円程度の金額だ。それで僕はその日も、三桁の数字を記入する用紙を手に未来に飛ぼうとしていた。

それにしても、自分で数字を選ぶことに一体何の意味があるんだろう。

あらかじめランダムに割り当てられた数字でも、自分が選択したものでも、それで当たる確率が変わるわけじゃない。それこそ未来でも知らなければ意味がない。紙資源と労力の浪費だ。

そこに意志が介在しているということは、そんなにも重要なんだろうか。

僕はそんなことないと思う。プロセスなんて何の意味もない。

バカげてる、と思う。

ベルトをバックルに通しただけのドアノブ首吊《くびつ》り装置に体を委《ゆだ》ねていく。一瞬不安になって、ドアノブを後ろ手に摑《つか》んで引っ張りぎぎぎと鳴らしドアの揺るがないことを確認する。問題なし。鍵《かぎ》がピタリとかけられていて微動だにしない。あとはこの錆《さ》びたドアにもたれかかりながら、姿勢をゆっくり崩し、ベルトに通した首に全体重がかかるようにすればいい。注意すべきは勢い余って本当に死なないように気をつけることで、これは中々加減が難しい。下手をすると本当に死ぬかもしれないが、かといって中途半端《はんぱ》では未来を見ることが出来ず、ただの徒労に終わる。

腰を下ろしながら、背中が小刻みに震えるのを感じた。反射的な死への恐怖に、一瞬、感情が支配されそうになるが、押しのけて首吊りを続行する。

そのとき、普段僕には聞きなじみのないヒット曲ばかりかける校内放送が、急に、Radiohead の Creep を流し始めた。それでなんとなく穢《けが》されたような気分になった。気が散って行為を中断しそうになるが、しかしよく考えてみると、これはこれで首を吊るのに相応なＢＧＭと言えなくもない。

ベルトが首を絞めつける。

体重で負荷をかけていく。

遠くではしゃぐ同級生の声が聞こえた。みんな死ねばいいのに、と思う。

意識が薄れていく。

ガガッ、ガガッ、引っかかるような歪《ゆが》んだギターの音が鳴っていた。

僕は淡々と死にかけていく。

そして僕は、未来を見た。

⏮

ナンバーズの抽選会場のかわりに目に飛び込んできたのは、早朝の繁華街だった。変だ、と気づく。これは僕が見たかった未来じゃない。何が起きてるんだろう？

そんな戸惑いはすぐに吹っ飛んだ。

男が真剣な顔で歩道を走っていた。

手に包丁を持って、息を切らしながら。

ランドセルを背負った子供が男の前を歩いていた。

その意味に、遅れて気づく。ゾッとした。

子供の体に、男が包丁を突き刺した。

叫び声、飛び散る血、痛みに歪む顔、のたうちまわる子供の体を押さえつけて、男は更に何度も包丁で刺した。

次の瞬間、バスが突っ込んできて男と子供を同時に轢《ひ》いた。

即死した男の体を引き摺《ず》りながら、バスは加速し、派手にガラスを砕きながらオフィスビルの一階のカフェに突っ込んだ。人々が生死不明のまま折り重なって倒れていく。

自動車が、平然と人を撥《は》ねながら歩道を、走っていく。

誰かが誰かを手当たり次第に暴力で蹂躙《じゅうりん》していた。

タガが外れている。狂っている。

建物は焼かれ、人体は隅々まで一つ残らず、秩序ごと破壊されていく。

現実感がなかった。

自分の現実の延長線上に、こんな未来がある訳がない。

でも、どうしてか、これが本当に非現実的な光景だとは思えない。

リアルだった。

全《すべ》ての人間が正気を失っている。そんな中、駅前の歩行者デッキで、何もせず突っ立っている奴《やつ》が一人だけいた。その顔を、僕は知っていた。

相変わらず目つきが悪い。背が高くて猫背で、身なりに何も気を遣っていないのに、佇《たたず》まいには独特の雰囲気があった。彼は子供みたいに笑っていた。

懐《なつ》かしい顔だった。

この混乱の中で、どうして彼だけ、平然としているのかはわからない。彼はホッとしたような顔をしていた。その顔を見ていると、僕は急に胸が苦しくなってきた。

僕はもしかしたら、彼の中の言葉に出来ない何かを理解していたのに、気づかないフリをしてやり過ごしてきたのかもしれない。その僕の冷たい無関心が彼を追い詰めていたのかもしれない。ふとそう思った。

「間中《まなか》」

急に、僕を呼ぶ声が聞こえた。その声の持ち主の姿は、だけど、その未来のどこにもいない。

「死んじゃうよ、バカ」

◀

目を開ける。

「何やってんのさ」

青木《あおき》が、必死で僕の身体《からだ》を揺すっていた。彼女の手を払いのけて、首にかかったベルトを外し、制服のズボンについた埃《ほこり》を払いながら距離を取った。「いや。青木、なんでここにいるの？」見られたくないところを目撃されて気恥ずかしかった。

「呼ばれたから」

「は？　誰に」

屋上に続くドア前の非常階段。

普段は誰も来ないのだ、こんなところには。だからここは、休み時間を潰《つぶ》すにはうってつけの、僕だけの聖域だった。なのにいつからか、青木は僕を見つけて、この場所にずかずか無遠慮に入り込んでくるようになっていた。

それは、僕と話がしたいとかではなく、別の不愉快な動機が理由だった。

今日もそれだろうか。

うんざりしながら、改めて彼女の手首を見た。いつものようにすぱりと切れて血に濡《ぬ》れていた。またやったのだ。

「なぁ、青木。別に切るのはいいよ。自分の体だし好きにしろよ。けど、家で切れよ」

「色々あるんだって」

心の中で舌打ちしながら、ポケットから包帯を取り出す。

青木真《ま》奈《な》はよく手首を切る系の女子だった。

それは別にいい。

問題は、ＴＰＯを考えず切ることで、これは中々に鬱陶《うつとう》しい。

「いつもありがと」

「手が血だらけの奴と一緒にいるのがダルいだけだよ。自分で持ち歩け」

ムカついて包帯を顔に押しつけると、「うまく巻けない」とただ面倒臭いだけの癖にくだらない言い訳をしてきた。

ウザいなと思いつつ、彼女の腕を取り上げる。

青木の傷だらけの手首に包帯を巻きながら、結構この作業にも慣れてきたなと思う。

彼女は階段の段差に座り込んで素直にじっとして、呑気《のんき》に小さく欠伸《あくび》を一つした。

つっかかろうかと思ったが、首を傾《かし》げた青木の邪気のない顔を見たら、そんな気もすぐに失《う》せた。

青木は実際のところ、魅力的な容姿をしてはいた。端整な顔立ちスタイル抜群の美女という感じからは程遠かったが、何かほっとするような柔らかい雰囲気があった。多分、何も知らなければ天然に見える。いつもへらへら笑っている、明るい様子とはまた別に、時折見せる悲しい表情とのギャップに、ドキッとさせられることも、たまになくもない。

高校一年生、同年代だともう化粧をし始めている女子も中にはいたが、青木は素のままで、それでもなめらかな肌をしていた。眉毛《まゆげ》だけ少し整えて、たまに気まぐれに薄いピンクの口紅をしたりしなかったり。

髪は最初に会ったとき自傷行為みたいに切り詰めてベリーショートというより叩《たた》けば文明開化の音でもしそうなありさまだったが、今ではそれなりに伸びて耳を隠すくらいまでになっていた。さらさらしていて、近づくといつも大体、甘い匂《にお》いがした。

ちょっと生意気な感じの口元、大きな黒目、頬は子供みたいに薄く赤い。

それなりにモテなくもないのだろうけど、肝心の言動が終わってるせいか、週一で精神科に通院している程度には心が病んでいるせいか、特に恋人もいなければ僕以外に男友達がいるような気配さえもなかった。

手首なんか切らないで、それに僕みたいな人間と関わらないで、普通にしてたらいいのに。そしたらマトモな青春、送れるのにな。そんなことをふと思う。

「色々あるって何？」別にたいして興味はなかったが、一応聞いてみる。

「や……信じられる？」

青木は自分から言い出した癖に、なんだか歯切れが悪い。

内心面倒臭いなと思いながら、「聞かせてよ」と続きを促した。

「ん」

青木は跳ねるように立ち上がり、胸ポケットからカッターを取り出した。カリリと鳴らして、刃を出す。すぐ前に使ったわりに、直後に拭《ぬぐ》ったのか、汚れておらず綺《き》麗《れい》だった。

その刃先を、青木は包帯を巻いていない方の手首に押し当てた。

「おいやめろよ」

「見てて」

「見たくない」

青木は止めるのも聞かずに、ためらいなく、バイオリンの弦でも弾《ひ》くように平然と手首を切った。皮膚と血管が一気に裂け、血が溢《あふ》れてぽつぽつと垂れ落ち、赤くまだらに階段を染めた。

「やっぱり見えるんだ」

青木は困ったように呟《つぶや》いた。

さっきから全然話がかみ合わない。

「何なんだよ、一体」

「違う。聞いて」

青木は急に真顔になって、神妙な調子で言った。

「〝あの日〟から私、手首を切ると幽霊が見えるの」

「あ、そう」

青木はさっきから、誰かに呼ばれたとかやっぱり見えるだとか、目に見えない人間がそこにいるような言動を繰り返していた。誰か何かがいるとすれば辻褄《つじつま》が、合うといえば合う。

「誰が見えるの？」

すると青木は少し言いにくそうに一拍間を置いてから、

「間中の妹の幽霊が見える」と言った。

なんでそんなこと言うんだろう。やめてくれ、と思った。

「ミキはなんか言ってる？」

自分の声が震えた。

『女の子にはちゃんと優しくしろ』って」

「ミキが言いそうな」

「信じてくれる？」

「幽霊なんて存在しない」

猛烈にイラついた。幽霊が見える的な発言までは笑って受け流せても、妹を持ち出すのは、なんか違う。

「青木の妄想に妹、巻き込むなよ」

「違う」

「いいか。人間死んだら、消えて、終了！　死後の世界も存在もなし。妄想じゃなかったら、それは幻覚・錯覚・ドグラマグラ」

手首を切るだけでもうんざりなのに、こんなことまで言い出すなら、青木とは距離を置いた方がいいかもしれない。と考えつつ黙っていたら、突然、

「あ……やばい…………」

青木は急にバランスを崩して僕の方に倒れ込んできた。慌《あわ》てて腕を伸ばして身体をささえる。柔らかい身体から、だらんと力が抜けていく。

青木は意識をなくしていた。

「おい」

ゆっくり動かして階段の段差に座らせる。どうせ、いつもの貧血だ。青木は手首を切ると貧血になりやすくなる。それで変な癖がついていて、たまにこうやってふらりと気を失う。

放っておくわけにもいかないし、意識が戻るまで待つことになる。

「……ごめん」

数分で意識を取り戻した青木に「じゃ行くから」と冷たく言って立ち上がる。教室に行こうとして非常階段を降りた。

ふと思い出して引き返し、彼女に包帯を押しつけて、教室に戻った。

2

青木が変なことを言い出したせいで、あれから妙に落ち着かない。

意識では否定しているのに、何か妹に見られているような気がして、一人でいるときでもだらしないことが出来なくなった。空き缶は専用のゴミ箱を探して捨て、プリントはきちんきちんと端を揃《そろ》えてしまう。妹のミキはそういう細かいことを気にしていちいち注意してくるタイプで、実はその「かまわれている」感じが、僕は内心嫌いじゃなかったりしたけど。

妹の幽霊。

もし青木の言うとおりに死後のミキなんて存在が本当にいたとして、一体今の僕を見てなんて思っているんだろう。悲しんでいるのか、まったくしょうがないなと呆《あき》れているのか。

とにかくこの一週間、無気力かつ自堕落な自分には珍しいくらいに真っ当な生活を送っていた。一度も遅刻せずに登校するという奇跡的な快挙も成し遂げたし、授業も全くサボらなかった。

でも学校のトイレで、丁寧に泡立てた石鹸《せっけん》で手を神経質に洗いハンカチで拭《ふ》いているうちに、いい加減息苦しくなってきたことに気がついた。こんな生活を一生続けたらどうなるか。紙幣の端を丹念に揃える生真面目《きまじめ》な銀行員になって平凡な家庭なんか構え、その生活を案外悪くないなと思うようになっているのかもしれない。想像してすぐ吐き気がした。

やってられない。

結局その日、僕は午後の授業をサボることにした。

それでまたいつもの屋上ドア前、非常階段。相変わらずやることがない。ふいに、先日見た未来のことが気になり始めた。

崩壊していく世界。あの未来は、一体何だったんだろう。

確かに今までも、１００％思いどおりの未来を見ることが出来ていたわけではない。

けれどもここ最近は、うまくコツを摑めてきていたのだ。

コツといってもあまり難しいものではなく、ナンバーズの当選番号であれば、その抽選機の映像や設置されている場所などを調べ、より正確に強くイメージすれば望んだ未来を見ることが出来ていた。

なのに先日見えたのは、全然無関係な未来だった。その内容も荒唐無稽《こうとうむけい》だ。

もしあれが現実に起こり得る未来だと考えると、なんか色々面倒臭い気がした。勿論《もちろん》誰に言っても信じてもらえない。かといって自分が何か関わろうという気も湧《わ》いてこない。何をどうするモチベーションも僕にはなかった。

ただ、未来の中でたった一人平然としていた彼の姿が引っかかっていた。

どうか何かの間違いであってくれますように。僕は彼のことを思い浮かべながらドアノブにベルトをかけて、首を吊った。


六月八日、午前三時四分。

今から、未来が現実になる。

未来の中では視点を切り替えることが出来た。デジタル時計を見れば、その未来の日時がわかった。

僕はその場所を知っていた。駅近くの繁華街で、道幅の広いアーケードが延々と続いている。深夜のこの時間、人通りはほとんどなく、どこか寂しい光景だ。たまに通り過ぎていく人は、一人だとどこか不幸そうに無表情で、でも集団だと笑っていた。そんな、少し冷たい感じもする都市のアーケードだ。

僕はそんな場所の道の隅で、スマホに目を落としながら時間が来るのを待っていた。クローゼットの奥から引っ張り出してきたキャップを目深《まぶか》に被《かぶ》り直す。自分の顔を見られたくなかった。彼が僕に気がついて未来が変わってしまうのを避けたかった。

時間になって、彼——天ヶ瀬《あまがせ》充《みつる》がやって来た。懐かしいな、と思う。

もう一人、連れ立って歩いてくる男がいた。派手な英字プリントのTシャツにデニムのハーフパンツ、白いスタンスミスを履いて、金属バンドの腕時計を身につけた浅黒い男だ。その男は好戦的な顔で、あざけるように笑っていた。

今、ここからは断片的にしか聞こえない。でも未来を見た時にはクリアに聞き取れていた。何かトラブルらしいが、そんなことはどうでもいい。

「気持ち悪いよ。お前」男が天ヶ瀬に手をあげた。

天ヶ瀬は終始、鬱陶しそうに黙って、されるがままになっていた。男は初め、威嚇《いかく》するように天ヶ瀬を殴っていたが、彼の無反応さが癇《かん》に障《さわ》ったのか、次第に、暴力の度合いがエスカレートしていった。だんだん揉《も》み合いになり、それが激しくなっていく。

男が天ヶ瀬を押し倒した。馬乗りになって、殴る。

「殺すぞ」

後頭部が何度も地面に激突して、嫌な音を立てた。

天ヶ瀬は抵抗せず、暴力を受け入れていた。

男は立ち上がり、足を大きく振り上げた。そのまま全体重をかけて、彼の顔を踏みつけた。

天ヶ瀬は脱力して動かなくなった。

男は笑いながら彼の首を絞めた。

「死ね」男の指に力が入った。

そのとき、天ヶ瀬が虚《うつ》ろな顔で男を睨《にら》んだ。

「やめ」

男の顔が急に苦痛で歪んだ。

「ろ」

様子が変だった。男は悶《もだ》えながらうずくまった。天ヶ瀬は平然と立ち上がり、男を見下ろした。

「俺のことは忘れろ。二度と関わるな」

天ヶ瀬にそう言われた男の顔は、死体みたいに無表情で、生気がなかった。

天ヶ瀬は男に手を貸して、立ち上がらせた。男は焦点の定まらない視線をどこか遠くに向け、辿々《たどたど》しい足取りで歩いて行った。夜の光のない寂しい方へ。それを見送る天ヶ瀬の顔は何もかもどうでもよさそうで、何を考えているのか、さっぱりわからなかった。

しばらくして、天ヶ瀬は歩き出した。心拍数の低い動物のような、のっそりとした動き方だった。こちらにやってくる。さも今通りがかったみたいな調子で僕は近づいて行った。

「間中！」

彼の方から先に、僕に声をかけてきた。

「なんだお前。こんなとこで」

「天ヶ瀬、お前こそ」

僕は久しぶりに彼の名前を呼んだ。

「お前行方不明って話になってるぞ。ニュースでも名前出たから。心配してた」

「うん」

唐突な再会に、彼の方が戸惑っているように見えた。

「天ヶ瀬、家に帰らないのか」

「事情、あって」

天ヶ瀬の表情が少し曇った。

「間中、さっきの見た？」その前から知ってたけど、とは言えない。

「偶然。通りがかって。天ヶ瀬だって後から気づいた」

「どこから見た？」

天ヶ瀬は回りくどかった。つき合うのが邪魔くさくなって、僕はストレートに返した。

「天ヶ瀬、お前、いつからだ？」

「何が？」

「お前、死にかけると他人を洗脳出来るだろ」

「洗脳？　何それ」

天ヶ瀬は鼻で笑った。

「ないよ、そんなの」

天ヶ瀬はシニカルな表情で言いながら、話を変えた。

「青木とか何してる？」

「え。一緒の高校通ってるけど」

「マジ？　今度遊び行く」

それから、電話番号を交換した。天ヶ瀬は失踪《しっそう》時に携帯を持っていなかったと思う。

「それ、誰の携帯なの」気になって聞いたけど、天ヶ瀬は何も言わなかった。

「今日もう遅いから。またな」

天ヶ瀬は、背を向けて歩き出した。離れていく彼に向かって、僕は叫んだ。

「天ヶ瀬！　僕は未来見えんだよ。お前の洗脳と同じで！　別に見たくもない未来が、見えるんだ。だから……お前が何やりたいか、全部わかってる」

天ヶ瀬はすぐ振り返って、僕に叫び返した。

「俺は何するんだ？」

彼の表情からは、何も読み取れなかった。

「人類皆殺し」

僕がそう言うと、彼は笑った。

「アホか」そう言い残し、天ヶ瀬は繁華街の方に歩いて行った。

時間を見ると、午前四時を少し過ぎたところだった。まだ電車も動いていない。深夜営業の喫茶店で朝まで時間を潰した。始発で一旦《いったん》家に帰りシャワーを浴びて、学校に行った。

昼休み、いつも通りベルトで輪を作り、ドアノブにかけて首を吊る。手慣れたルーティンで、緊張感も何もない。

それがいけなかったのかもしれない。加減を間違えたと気づいたときにはもう遅かった。いつもと違う感覚。

首を吊った瞬間、意識が飛んだ。

II

紫とオレンジのグラデーションに染まった不気味な空が見えた。コントラストが高く非現実的で、ドラッグでもやってるみたいな景色だった。臨死体験だろうか、と思う。せっかくだから楽しもうと僕は思った。悲観しても真剣に悩んでも、別にどうにもならなそうだったからだ。

僕が寝転がっていたのは海辺だった。それは真っ白な砂浜だった。

すぐそばに黒い影がいて、直感的に僕はそれをこの世のものではないと認識する。辺りには他に誰もいない。

「君は誰？」

「いつまでもここにいていいよ」

「ここはどこ？」

「世界の終わり」

「どうして僕が？」

脈絡のない夢を見ているのだと思った。あるいは今際《いまわ》の際《きわ》の、混濁した意識が見せる幻覚だ。

「キミは死んだから」

「僕は死んだのか」

思わず自分の両手を掲げて見た。実在感はあったけど、言われてみれば自分が生きているのか死んでいるのか自信がなかった。

「死にたいから死んだんだよね？」

「わからないけど多分そう」自分がなんで死んだのか、わからなくて困った。本当に死にたかったのかそれとも事故なのか、死の直前の自分の感情が思い出せない。

「君は誰だよ」僕はもう一度そいつに質問した。あたりの音が、急に耳についた。波音が、ざらついたホワイトノイズみたいに聞こえて、気持ちがささくれだった。

「元の世界に戻りたい？」

今自分がいる世界を把握したくて、あたりを改めて見回した。居心地が良いとは感じられない。馴染《なじ》めなかった。ここにずっといたいと思えなかった。

「戻りたいけど」

「ずっとここにいたら、元の世界に帰るのが難しくなるかもしれないな」影が他人《ひと》事《ごと》のように冷たく言った。別にそんなこと心配してやる義理もないんだけど、という調子だった。

「帰る方法は？」

「ここと現実は、細いへその緒のような坑道《トンネル》で繋《つな》がっている」

想像してみたけど、気持ち悪いな、という感想しか湧いてこなかった。

「その線を逆に辿れば現実のキミに帰れるかもしれない」

僕は砂浜から立ち上がった。「ついてきて」そいつは僕の手を引いて歩き出した。その不思議な影に引かれて僕は奇妙な世界を歩いた。派手でけばけばしい色の世界が続いていた。

「こちらとあちらを行き来するには途方もない苦しみが伴う」長い距離を歩かされて気が滅《め》入《い》り、憂鬱な気分になった。こんな思いをするくらいなら、ずっとこの世界に居続ければいいんじゃないかと思った。

「ここから先はキミ一人で」

僕は怖くなって、一瞬、立ち尽くした。

「さよなら」

僕はそいつにそう言って、坑道の中に足を踏み入れた。

やがて視界は暗闇《くらやみ》に染まり、風が強くて息ができなくなる。光の中を歩いている。細い細い道を僕は一人で歩いていった。苦しい。しんどい。辛《つら》い。こんなことなら、もう何もかも放棄して引き返してしまいたい。別に元いた世界に帰る必要なんかどこにもないんじゃないかって気がした。

視界に刺すような青が飛び込んでくる。出鱈目《でたらめ》に絵具で塗ったような原色の空の色だ。雲ひとつなかった。心臓が派手に鳴っていた。

現実だ。手で体を触って、自分が物体として実在していることを確かめる。僕は生きている。それから、慌てて首のベルトを外し、脱力した。

今のあれは、一体何だったんだろう。

3

翌日。一時間目から四時間目まで寝て、昼間にまた屋上のドアで首を吊って、天ヶ瀬の未来を見た。午後の授業も寝て過ごそうとしたが、すぐ前に見たグロい未来のせいで目が冴《さ》えてしまい、どう頑張ってもうまく眠ることができなかった。

放課後、すぐ家に帰ろうとして、高校から駅までの道をぼけっと移動していたら、いつの間にか青木が真横を歩いていて話しかけてきた。

「目の下のクマ凄いけど」

言われてみれば、たしかに眠れていない。日中も、何度か欠伸が出た。

「授業中は眠れるんだけどな」

「何しに学校来てんの」

呆れたように言う青木だが、僕よりもテストの点数は低い。

駅に辿り着き、ホームのベンチに座って電車を待っていたら、「あのさ」今までこの本題を言い出すタイミングをうかがっていたのだ、という風に青木が切り出してきた。

「よく考えたら簡単なんだよ。私が知ってるはずのないことを何か、間中の妹に聞けばいいんだ。そしたら証明になる」

「そうな」

適当に相槌《あいづち》を打っていたら、

「よし。早速」と意気込みながら青木はカッターを取り出したので、慌ててその腕を掴んで制した。

「場所考えろ」

一旦電車に乗って隣の駅で降り、障害者用トイレに二人で入った。

そんな手間までかけて、わざわざ青木の幽霊話につき合う必要があるのか、無視して帰ろうかとも思ったが、ここでスルーしても、どうせしつこく毎日のように言い募ってくる気がした。

「なんか懐かしい」

「障害者用トイレが？」

「だって私たち、一番最初に喋《しゃべ》ったのってトイレ」

言われてみればそうだった気もする。

「じゃ、いくよ」

そして青木はあっさり手首を切った。狭い室内の淀《よど》んだ空気が、血の臭《にお》いに満たされていく。青木は誰もいないはずの空中に向かって「今までの話聞いてたよね」と声をかけた。

「は!?」青木がいきなり、叫んだ。

「落ち着けよ」

彼女の口を無理やりふさごうとしたが、青木は僕の手を押しのけながら、抗議するような調子で言った。

「間中、未来見えるの？」

嗚呼《ああ》、面倒臭いことになってきたぞ、と僕は軽く絶望した。

青木には、本当に幽霊が見えているのかもしれない。内心全然信じたくなかったけど。

本当に妹のミキの幽霊がいて、青木にはその姿が見えている、らしい。

彼女の話によると、それはやはり〝あの日〟のあとから始まったのだという。

「間中もでしょ？　〝あの日〟から変な力が身についた」

駅に併設されたチープなセルフの喫茶スペースに入ることになって、出された冴えない飲み物をテーブルに置くなり、青木は目を輝かせながら好奇心をぶつけてきた。

床に足がつかないタイプの椅子《いす》で、青木は興奮しているのか、落ち着きなく両足をぶらぶらさせていた。

青木に未来が見えることがバレたのは想定外だった。ミキも、何か秘密を教えるなら教えるで、他のことにしてくれればいいのに。

「私の未来、見てよ」

ほら、面倒臭いのが始まった。

「青木はアラブの石油王子と結婚して幸せな家庭を築いてる。地中海に浮かぶクルーザー上でドンペリ飲んでる」

「テキトークじゃん」

「うん」

「やっぱり私と同じで、自殺未遂で力が使える。未来が見える。だから、非常階段で首吊りみたいなことしてたんだ」

「あのな。青木、これ、誰にも言うなよ」

「どうして？」

「面倒臭いのが増えるだけ。想像しろよ。幽霊と話したいとか、未来見て欲しいとか、そんな輩《やから》どうせ大量にいる。ってか、殆《ほとん》どの奴が見たいし話したいよ、そりゃ。頼まれる度に手首切ったり首吊ったりしたくないだろ」

自分に関する未来すらなるべく知りたくないのに、他人の未来になんか絶対に関わりたくない。

「間中、妹と話したいこととか、ないの」

青木は、結局僕が巻いた手首の包帯を、腕時計でも見る感じで眺めながら、まさしく時間の話でもするようなどうでもよさを装《よそお》って聞いてきた。その素振りは、きっと青木なりの気遣いなんだろう。

「話してよ。私、通訳する」

そう急に言われても困る。

なんとなく、ミキと話したくない自分がいた。

青木は自分が頼んだキャラメルマキアートもどきの不細工な模様を、ストローでくるくるとかき混ぜて潰しながら、言葉を選んでるみたいな顔で俯《うつむ》いていた。

目を刺すような蛍光灯の白い光の下で、殺伐としたインテリアに囲まれながら、二人でしばらく無言の時間を過ごした。

青木に天ヶ瀬のことを話すべきか迷った。世界の終わりの未来。黙ってるのはフェアじゃない気がした。でも青木に話せば、未来を変えようと言い出す気がした。それは、ウザい。変えた未来が良いものになる保証はない。変えたことで、状況が悪化することがある。

僕は二度と未来に干渉したくなかった。未来を変えるということに、僕のメンタルが耐えられそうにない。絶対に嫌だ。

「天ヶ瀬くん、どうしてるかな。生きてるかな」

青木が急にそう言った。ちょうど、青木も天ヶ瀬のことを考えていたらしい。不思議ではなかった。何故《なぜ》なら〝あの日〟のあの瞬間、僕たちは三人で一緒にそれを見ていたのだから。

「天ヶ瀬くんも、なんか、おかしなことになってたりしてね」

⏭

僕が天ヶ瀬と青木の二人と出会ったのは、一昨年の夏だった。

当時、僕は中学二年生だった。一年の途中から不登校で、僕は家に引きこもって毎日ゲームや読書をしながら、無駄な時間を無限に繰り返していた。

登校拒否、それも理由がクラスメイトからのいじめなのだから、ありふれている。深く考えず簡単にドロップアウトして、それで僕は何するでもなくダラダラ日々をやり過ごしていた。マトモな人生に興味がなかったし、堕落した生活に後ろめたさや焦《あせ》りも感じず、むしろ妙に居心地が良くて、心の中でデカダンデカダンと呟きながらその日々を謳歌《おうか》していた。

そんな無意味なある日の昼過ぎ、父親が半ば無理やり僕を車に乗せた。会社がないから多分土日か祝日で、晴れてて暑くて日差しが眩《まぶ》しくて、外に出るのマジで嫌だなと思ったのを覚えている。「どこ行くの」と聞いても、父親は「後でわかる」としか言わない。いつも以上に不機嫌な様子だった。

車は街から遠ざかり、高速道路に入った。食事にでも連れ出されるのかと思っていたので驚いた。そんなにわざわざ遠出をするような心の準備が出来ていなかった。車は海の方に向かっていた。僕の父親は海が見たいなんてタイプではない。何がしたいのか、わからなくて不気味だった。

日差しが強くて、ムルソーなら五人くらい殺してそうな良い天気だった。

やがて車はくすんだ色の建物の前に辿り着いた。表札はない。外壁に埃がこびりついている。古くて、敷地面積だけ無駄に広い。どこか歪《いびつ》な建物だった。

父は僕に車を降りるよう促した。ここは一体なんだろう。変に思いつつ、父のあとを歩いた。玄関から入ると、従業員らしき中年男が僕たちを待ち受けていた。うっすらと、アリバイ証明のような脈絡ない笑みを顔に浮かべていた。父が同じような笑顔で口を開いた。

「琴平《ことひら》さん。今日からお世話になります。間中成理《せいり》です」

ここがどんな場所なのかわからないが、それにしても変だった。何故父は、僕の名前を告げたのだろう。

「初めまして。所長の琴平淳美《あつみ》です」

男が、返事をしながら会釈《えしゃく》をした。彼は奇妙な見た目をしていた。腹の突き出た皺《しわ》の多い中年男で、濃い紫のジャケットの下に黒いシャツを着ていた。昔の漫才師みたいだ。極めつきは顔に張りついた不気味な笑顔で、目の奥は冷めていて、異様だった。この人は気が狂ってるのかもしれない、というのが僕の第一印象だった。

後日、琴平自身から説明された。

ここは、登校拒否・引きこもり・家庭内暴力・犯罪歴のある非行少年などの更生施設として、一部で名の知られた特殊な教育施設らしい。

でもそのとき僕は、そんな説明も一切ないまま、父に置き去りにされた。父は、壊れた家電の廃棄を済ませたような、すっきりした顔で帰って行った。無言で去る父を追おうとした僕の腕を、急に琴平が掴《つか》んだ。

「混乱してるよね」

手の力が強く、汗が粘ついていて、気持ち悪かった。

最初に連れて行かれたのは食堂だった。中では数人が無言で食事をしていた。十代の男が数人。少し離れて、去勢されたような顔の中年男性と若い女性。

手元の食事は、乾燥していて光がなかった。

「はい食事中断。注目」

琴平が威圧的に叫んだ。

食堂にいた人間たちが一斉に手を止め、振り向いた。タイミングが同時過ぎるのが、マスゲームじみていた。

彼らの顔を見ると、人種がはっきり二つに分かれていた。死んだ魚の目をした気弱そうな顔の奴と、飢えた獣みたいな人相の奴が混在していた。捕食者と被食者。

その、食べられてしまいそうな人間の方に、天ヶ瀬と青木がいた。

「今日から皆と一緒に更生を目指す間中成理くんだ。はい皆、仲良くするように。間中くん、挨拶《あいさつ》」

視線が一斉に僕に集まった。

「挨拶はどうした？」

琴平が僕の背中を強く叩いた。

「あの、よろしく……お願いします………」

それから、施設での陰惨な生活が始まった。

朝から体操。それから激しい運動。疲労した後に瞑想《めいそう》。それがこの施設の独自の社会復帰プログラムの一環だった。

毎日引きこもっていた身には当然きつい。僕は初日ランニング中ゲロを吐き、琴平に何度も殴られた。

夕方からはディスカッションの時間だ。これは、一人一人自分の今までの人生を語り、問題点を他の人間たちから指摘されることによって自省に至る、というものだ。

頭が変になりそうだった。

夕食後はシャワーを浴びて即就寝。一切の私語は厳禁。

とはいえそれは建前で、シャワー室など、琴平の目の届かないところを選んで皆めいめい好き勝手に駄弁《だべ》っていた。盗み聞きすると、物騒な会話が多かった。少年院に入っていた経歴があったり、アウトローな過去の持ち主が何人もいた。つまり、社会不適合者というカテゴリーの中には、僕のようなひ弱な人間がいる一方、暴力的な非行少年も含まれており、ここはそんな人間たちを十把《じっぱ》一絡《ひとから》げに扱う施設なのだった。

一体何が悲しくていじめられっ子がいじめっ子と一緒に生活しなきゃいけないんだろ

う。

命令に背く規則を破るなど、琴平の気に入らないことがあれば、容赦なく体罰が課された。殴る蹴《け》るの他に、水中に顔を沈められるとか、危険行為が平然と実施されていた。脱走する奴《やつ》も中にはいた。深夜、施設を抜け出していく。でも皆すぐに連れ戻された。金もないし携帯電話も没収されていて、結局、どこにも行けないのだ。自分の家に帰ればすぐに連れ戻されてしまう。そして戻ってきたら琴平からの厳しい折檻《せっかん》が待っている。だから、その気のある奴でも、やがてこれは無駄な抵抗なのだと諦《あきら》め、脱出を考えなくなる。脱走しようと思えば出来る程度には監視がゆるかったのは、簡単に連れ戻せるという確信が琴平にあったからかもしれない。

それでも、懲《こ》りることなく何度も脱走を繰り返す奴がいた。それが天ヶ瀬充という人間だった。

家に帰るでもなく、野宿を繰り返しながら放浪する。いざ追いつかれても逃げ足が早いから中々捕まらない。天ヶ瀬の場合、特別な追跡チームが組まれた。過去、最長で二週間以上逃げたらしいが、最終的には捕まって連れ戻されていた。

白目の多い三白眼で少し斜視気味、色白で背は僕より少し高かった。

普段は陰気な顔で俯き、誰とも目を合わせず寡黙《かもく》に過ごしているのに、一体どこにそんなバイタリティーがあるのか不思議だった。誰もが天ヶ瀬のことを異物と見なしていて、施設に入れられた同年代の人間は特に何かと突っかかり、嫌がらせを繰り返していた。でもそれを歯牙《しが》にもかけない様子で、彼は平然と過ごしていた。

最初に話しかけてきたのは天ヶ瀬の方だった。

「お前、なんでここに来た？」

施設に来て約三週間後。男子トイレで排泄《はいせつ》していたら、小便器一つ分離れたところにいた天ヶ瀬が急に話しかけてきた。それが彼と言葉を交わす最初の機会だったから、お互い下半身を露出した状態なのに、いきなりだなと思った。でも、僕自身彼と話してみたかったので普通に答えた。

「一年の不登校で親がキレた」

本当は、切れる、という字がふさわしい扱いだった。施設に入ってから家族の誰とも言葉を交わしていない。琴平の方針のせいもあったが、単に見捨てられている気もした。

「君はどうして？」

「車、盗んだ」

「中学生で？」

「おう」

彼は、なんでもない、という調子でそう答えた。

「学校行かなかった理由は？」

「いじめ、とか」

「とか？」

天ヶ瀬は、憂鬱そうな、食事して排泄するのが億劫《おっくう》で仕方ないという顔で、小便器に目を落としていた。普通の環境であれば、少しずつとりとめのない話をやりとりし、時間をかけて距離をつめていくにしても、ここでは次にいつ話す機会があるかわからない。

それで僕は、

「それに、マジメに生きても、しょうがないから」

と厭世《えんせい》的なことを言った。

「あー、俺もそう」

以降、僕と天ヶ瀬は、軽い虚無主義を内に抱えているというだけの頼りない理由で、なんとなく仲良くなった。

琴平から天ヶ瀬への暴力は、彼が脱走を重ねる度歯止めなくエスカレートしていった。

「天ヶ瀬くんは本当にすごい。九回目。新記録更新中だ。口で言ってもわからない奴には、力でわからせるしかない」

琴平は見せしめのため、体罰を加えるときは全員が見ている前でやった。天ヶ瀬がやられているところを、僕は毎回見させられた。

折檻後、彼は別室に閉じ込められた。『懲罰室』と名づけられていたが、元はトイレだった。二階建ての各階にトイレがあったのが、掃除の手間などが理由で一つで十分となり、窓に遮光シートが貼《は》られドアは鍵《かぎ》つきに変更されて、監禁部屋になった。内装はトイレのままで水回りもそのままだから湿っぽく、床はタイルでうっすら黴《か》びていて、ちゃんとかすかに下水の汚臭までする。そんな薄暗い場所に三日も閉じ込められることになる。

喉《のど》が渇いたらトイレの手洗いの錆《さ》びた蛇口から出る水を飲むしかないらしい。

監禁の間、鍵のかかったドアの向こうに天ヶ瀬がいると思うと、いつも何も言えなかった。

そこで天ヶ瀬はよく酷《ひど》い口笛を吹いていた。地獄みたいに下《へ》手《た》糞《くそ》で原曲がわからない。曲名が気になったが、変な後ろめたさがあって、結局聞けなかった。

殴る手が痛いという理由で、琴平は家畜用の鞭《むち》を買ってきた。それで琴平は何度も天ヶ瀬を打った。

「新たな性的快感に目覚めたらどうしよ」

と言う天ヶ瀬だったが、背中のみみず腫《ば》れは赤黒くて痛々しく、僕は見ていられなかった。

僕たちの普段の寝室は六人一部屋で、二段ベッドが三つ、六畳の部屋に押し込まれていた。

夜中、眠れないときふと見ると、向こうのベッドの天ヶ瀬と目が合うときがあった。

「逃げられると思うか？」僕は天ヶ瀬に小さな声で聞いた。

「楽勝」いつも最後は失敗に終わるのに、彼は楽天的だった。それにイラついて、僕は質問を変えた。

「ここじゃなくて。何かもっと大きな、どす黒いものからだよ」

天ヶ瀬はじっと僕を見ていた。考え込んでいるとき、彼は会話の途中でもよく長時間黙った。「それは無理」天ヶ瀬は答えて目を閉じた。

爆弾作ろう、とあるとき天ヶ瀬が僕に言った。

真冬のトイレで凍えながら、個室で隣同士、僕たちは静かに言葉を交わした。

「外でネットで調べた。金属缶に黒色火薬つめて火をつける」

「材料は？」

「脱走のとき近くに埋めた。簡単。作れる」

「ヤバイな。材料どうやったの」

「盗んだ金で買っただけ」当たり前のように彼は言った。

「ここ、壊そう」

そう言う天ヶ瀬がどこまで本気だったかは知らない。少なくとも僕は違った。

丸善に置くレモンのように、現実に爆弾を爆発させることより、それを夢想することを僕は楽しんでいた。

話し合った結果、青木も誘うことになった。「二回も脱走してる。根性ありそう」というのが天ヶ瀬の意見だった。

僕たちは彼女の様子をうかがい、夕食後トイレに向かったのを確認して、僕が追いかけて声をかけた。深夜抜け出して会えないかと言うと、青木は二つ返事で了承した。

約束した午前二時に施設の外で待ち合わせた。

天ヶ瀬が爆弾の件を青木に話した。

「早速作ろうよ。どこに埋めたの？」

彼女はやけに乗り気で、僕は内心引いたが、天ヶ瀬は無表情のまま青木を案内した。材料を埋めた場所は、海岸近くの斜面だった。天ヶ瀬と二人で手で掘り起こす。彼が暗記した爆弾レシピに沿って、手分けして爆弾を作っていった。

「青木さんはどうしてここに？」僕が聞いた。

「別に」しばらく間を置いて「言いたくない今は」青木には母親がいない。彼女が幼い頃に死んで、父親と二人で暮らしていたが、あまりうまくいっていなかったらしい。そんなことだけ、彼女は短く少し話した。

やがて爆弾が完成した。簡単に出来てしまった。

「いつやる？」

話しながら、僕たちは本当に爆発させる気があるのかと考えた。その爆弾を見下ろして僕は一つ深呼吸した。金属缶に、ホームセンターで集めた材料を混ぜ入れただけの、手製インスタント爆弾。ちっぽけな僕たちの悪意。

決行日を僕たちは先延ばしにした。

僕たちは無意識では、施設での日々を終わらせたくなかったのかもしれない。

外の世界はもっと複雑だ。ここはシンプルでいい。それに、外に出たら僕たちは再会しないだろうという気がした。

深夜、天ヶ瀬が青木と食堂で話しているところを見た。バレたら折檻だが、二人の表情に不安や恐怖はなかった。二人の会話には熱があるように見えた。それは僕と話しているときにはない温度だった。

爆弾を作って二週間後、僕たちは夜中に施設を抜け出した。

「でもきっと、たいしたことにはならないよ」

爆弾を土の中から掘り出して見つめ、青木はうんざりしたように呟《つぶや》いた。

「私たちどこにも逃げられない。もしここを壊して家に戻っても、また別の苦痛が待ってる。死ぬまで辛くて苦しいことが果てしなく続く」

諦めた調子、冷めた眼差《まなざ》し、気怠《けだる》い身振りと感傷的な声でそう言った。

「ね、ここで火をつけて三人で死んじゃう？」

振り返った青木は楽しそうに笑っていた。

「死ねばラクになるよ」

青木は手にしていたエメラルドグリーンのスケルトンライターをカチカチと鳴らした。

彼女の足元に導火線が延びていた。

「二人とも本当は死にたいでしょ」

天ヶ瀬は無言で状況を見ていた。

「落ち着けよ、青木さん」僕の声は少し震えた。

青木は拗《す》ねたような顔でライターを放り投げた。

「冗談だよ」つまんない、青木が退屈そうに呟いた。

そんな冗談で誰も救われないと思った。

「あ、流れ星」

それに最初に気づいたのは青木だった。

見上げたら、夜の黒い空に一筋、光が線を描いていた。

「何か願い事」と彼女が言った。

「そんなのないよ」天ヶ瀬が面倒臭そうに答えた。

「僕もない」

「よく考えて。真剣に。きっと間中くんにもある」

暗い空は、目を閉じた視界みたいに無で、想像すれば無限に非現実的な光景が浮かんだ。

「世界人類が滅亡しますように。巨大隕石《いんせき》の落下、新型ウィルスの流行、核戦争の勃発《ぼっぱつ》、みんなみんな死んでくれ。この世にあまねく生きとし生けるもののすべてが皆平等に死に絶えて、一瞬で同時に完璧《かんぺき》に、全《すべ》てが消え去りますように」

そう言うと、天ヶ瀬が少し笑った。つられて笑いながら、だけどこれからどうなるんだろう、と思った。

どうせ僕の人生は終わってる。月が変われば中学三年生だ。世間の中三と言えば受験や部活に恋愛、充実した青春グラフィティを謳歌しているだろう。こんなところで爆弾作ってる場合かよと思う。普通とかマトモと、どんどん差が開いていく。僕だけがどす黒い闇の中で、身動きが取れないままだ。

崖《がけ》の下に落ちていくんだと思った。

暗い底に沈んでいく。

まだまだここが底じゃない。

今が一番最悪なんじゃなくて、たぶん今が一番マシなんだろう。これから更に、願望も尊厳も何もかも、徹底的に失っていくんだ。

嫌だな。凄《すご》く嫌だな。

嫌だよ。どうにかしてくれよ。

誰か助けてくれよ。

そう思った。

「あのさ、流れ星……変じゃない？」

たしかに変だった。小さな点だった光が、明らかに巨大な球体になっていた。不気味な光だった。あたりの木々の葉が揺れ始めていた。

「近づいてきてる」

「落ちるよ」

異常な光景だった。

僕たち三人は呆然《ぼうぜん》と、星が落下するのを見ていた。

時間の感覚が麻痺《まひ》していた。今まで聞いたことのない、空気が裂けるような異音が聞こえ始めた。それと一緒に、猛烈な風が吹きつけてきた。

「こっちくる」

「逃げようよ」

「まさか」

「ヤバ」

「ちょ、ちょっと！　近い近い！」

「うわっ」

そして、星が、激突した。

轟音《ごうおん》と衝撃が走った。

ただの地震とは比べものにならない揺れだった。

僕たちはよろめき倒れ、地面にうずくまった。

身体《からだ》と脳が衝撃に翻弄《ほんろう》され揺れていた。

すぐ近くで木が倒れる気配がした。

これはもしかしたら死ぬんじゃないか、という気がした。

その途端、意識が飛んだ。

⏮

最初、何が起きているのかわからなかった。

天ヶ瀬と青木の気配がなかった。どこに行ったんだ？

暗くて何も見えない。

目を怪我《けが》したかとも思ったが、痛みはない。

ここは一体どこだろう。

空気の音の感じから、なんとなく屋内のような気がした。外の空気の自然にざらついた音ではなく、澱《よど》み濁った室内のノイズだ。

なんで僕はこんな真っ暗な場所にいるんだろう。

奇妙な感覚だった。現実感がない。

やがて、誰か、二人以上の人間が争う物音がし始めた。暴れる人間を必死で押さえつけている物音。不穏な空気。人間の身体が床にぶつかる音、荒い息、衣擦《きぬず》れの音。

すすり泣く声が聞こえてきた。

「やめてよ先生」

それはミキの声だった。

一瞬、何かのはずみでカーテンがめくれあがる。薄明かりが隙間《すきま》から差し込んで、部屋を細く照らした。

そこは夜の教室だった。

そして僕は地獄を見た。

4

「間中、どうしたの？　なんか変だよ？」

大丈夫？　と言いながら、青木は馴《な》れ馴《な》れしく僕の頬をゆるく撫《な》でた。

「何でもない。一人で回想シーンしてただけ」

僕が死にかけると未来を見ることが出来るように、青木は幽霊と話すことが出来て、天ヶ瀬は人を洗脳出来るのだろう。多分、あの日のことがきっかけで。

「長いよ。十分以上、ずーっと黙って」

「ごめん。何の話だっけ……ああ、天ヶ瀬の話だよな。あいつどうしてんのかな。行方不明。気になるよな」

「なんか回りくどいよ。つまり何が言いたいの？」

青木は僕の手を握って、前屈《まえかが》みになって顔を寄せた。正面から見つめてくる。距離が近い。そういうこと、よく照れずにできるよな、と感心してしまう。

「あのさ。青木は、人を殺してはいけない理由って何だと思う？」

「突然、倫理の授業みたいなこと言われても」青木はちょっと戸惑っていた。

「最近ずっと考えてて。よくわからない」

「それが社会のルールだから。もし人を殺しても良いという考えが普遍的に成り立つなら、自分も殺されて良いことになって困る」

「それだと、殺されても良いから殺したい人や、そもそも社会というものの存在意義を受け入れない人を説得できない」

「間中はどう思うの？」

「本当は人を殺してもいいかもしれないって思うよ」

僕は、自分が本当に思っていることをそのまま言った。

「天ヶ瀬くんは誰か殺すつもりなの？」

見たんでしょ、未来。青木は僕の目を覗《のぞ》き込みながら、確信めいた調子で言った。目を逸《そ》らす。やっぱり、と青木はため息をついた。

「だって今の一連の会話、そういう話でしょ。誤魔化さないで」

ミスったなと思った。後は、部分的に本当のことを話して、それがすべてだと信じさせるしかない。

それで僕は、世界が破滅する未来の話は伏せて、今日の昼に見た未来を話した。

「天ヶ瀬は来週、琴平淳美を殺す」

琴平が監禁されていたのは、流れ星が落下した衝撃で倒壊した施設の建物跡だった。

あの日、流れ星は僕たち三人がいた場所に近い地点に落下し、地表に激突した衝撃で周囲数キロメートルにあった建物を一気に倒壊させた。周辺住民は直後から避難を余儀なくされた。当然施設の建物も半壊し、倒れてきた家具に潰《つぶ》されて骨折などの大怪我を負った人間もいた。天ヶ瀬はその混乱の中、僕や青木に声をかけることなく、いつの間にか消えていた。

直後から周辺住民が原因不明の体調不良を訴えていた。人体に有害な物質が広範囲に渡って漏れ出していた。落下地点から半径七キロメートルが立ち入り禁止区域に指定された。

施設は指定された立ち入り禁止区域の中にあったが、あの日から一年以上経過した今、厳重な警備態勢が敷かれているのは落下地点の周辺だけだ。一旦《いったん》中に入ると、人は少ない。後ろ暗いことをしていても怪しまれることはなさそうだ。だけど、わざわざこんなところ選ばなくても、と思った。

終着駅で降りる。あの日以来、電車の運行は途中で分断されていた。降車する人は僕たちの他に数人で、一眼レフカメラを携えていた。住んでいる人の姿は見えず、降車した人々は廃墟《はいきょ》にカメラを向けていた。タクシーに乗り、立ち入り禁止区域の手前に辿《たど》り着く。運転手は不審そうに僕たちを見ていた。青木と二人でタクシーを降りたときには、一七時過ぎになっていた。

立ち入り禁止区域との境界には、警備員が見張りに立っていた。侵入の仕方は調べてきていた。境界線にロープが張られていて、ところどころ『立ち入り禁止区域』の標識があった。警備員のいないところでロープをくぐり、道のない斜面を歩く。

僕たちは青木がネット通販で買った特殊な防毒マスクを装着していた。ナウシカみたいなマスクだった。そのせいで呼吸しにくくて、すぐ息が切れてきた。

青木は案外運動神経が良く、遅れたのは僕の方だった。青木は呆《あき》れながら僕の腕を引っ張った。舗装された道を行くと誰かに見つかる可能性があった。獣道を辿っていく。施設跡地まで行くのは大変だった。それでもやがて、建物のそばに辿り着いた。

青木はアルコールティッシュで汚れた手首を拭《ぬぐ》って、カッターナイフで切った。

幽霊のミキに中を確認して欲しいと頼んだ。

「今、琴平一人だけ。で、やっぱり、全裸だって」

青木はうんざりしたように顔をしかめた。

リュックから、スキー用の面積の大きなゴーグルを二つ取り出して、青木にも渡す。

「間中、似合ってる」

振り返って自分と同じ格好の青木を見ると、大袈裟《おおげさ》な防毒マスクに人相がわからなくなるほど大きなゴーグル、終末ＳＦの特殊戦闘員というよりそれはただのえげつない変質者に近かった。

「青木もな」

雑な変装を済ませたあと、Ｂ５ノートを青木に渡して、僕はホームセンターで購入した巨大ニッパーを携え、中に入った。

雑草が生い茂り荒れた庭、開きっ放しの入り口、割れた窓ガラス、瓦礫《がれき》を踏み越え、廊下を歩く。

「何人か、幽霊見える」困ったように青木は言った。

あの日たくさん人が死んだもんな、と相槌を打つ。そろそろ静かにしようよ、と前を歩く青木に言うと、彼女は小さく肯《うなず》いた。

琴平は、一階のトイレで震えていた。

惨《みじ》めに衰弱していた。

全裸で、片方の手足に長めの鎖をつけられ、配水管に繋がれていた。口にはボールギャグがはめられ、声は出せない。僕たちが入ると、彼は脅《おび》えて後ずさった。かつての面影はゼロだった。全身傷と痣《あざ》だらけ、それは鞭で叩《たた》かれた跡に見えた。傍にペットボトルの水とカロリーメイトが置かれていた。トイレといっても、水道はもう通っていないから排泄物は流れない。それでも律儀《りちぎ》に便器の中に向けて用を足しているらしく、仕切りの壁が割れている、かつて個室トイレだった場所から堆積した汚物が覗いていた。吐き気がした。琴平の唇は擦り切れ、手にはあかぎれ、髭《ひげ》は伸び、歯茎は紫色に変色していて、目から光は消えていた。

大体のことは未来を見て知っていたし青木にも話していたが、いざ目《ま》の当たりにすると、一気に背中が寒くなった。天ヶ瀬の残酷さを直視するのは憂鬱《ゆううつ》だった。

まだこれは天ヶ瀬の暴力の一部でしかない。これから天ヶ瀬は一週間かけて、琴平を嬲《なぶ》り殺していくつもりだ。

持ってきたニッパーで鎖を断ち切った。

琴平は拘束を解かれても、逃げ出すでもなく、放心してうずくまっていた。僕たちに対して脅えているように見えた。

青木は悪ノリをしているのか、いかにも不気味な仕草でノートを琴平の眼前に差し出し、ゆっくりとページをひらいた。

『琴平淳美、ワレワレは貴様を解放スル』

最初、サイコパスに見えるように、と無駄に定規を当てて字を書いていた青木だったがすぐに飽きて、途中から普通の手書きになっているのがどう見てもバカみたいだった。だけど、琴平にはそれを訝《いぶか》しがる余裕はないようだった。

『但《ただ》し、次の条件を必ず守ること
・二度と以前のような施設を作らないこと
・県外に逃げて二度と戻ってこないこと』

『ワレワレは常に貴様を監視している
以上の条件が守れない場合、いつでもお前を捕まえにいく
死ぬより酷い目に遭わせてやる』

『わかったか？』

『わかったら、行け
後ろを振り返らず、走れ』

青木はゆっくりとページをめくった。琴平は頭がはっきりしていないのか、書かれた言葉を理解するのに時間がかかっていたが、首を縦に振って意思表示をした。

最後に青木がページを戻して、再度、『わかったか？』を指さして確認すると、琴平は大きく肯いて、よろよろと立ち上がった。

ボールギャグを外してやり、ユニクロの服を渡す。下着を忘れた。琴平は手早くTシャツとジーンズ、靴を身につけた。タグを外すのを忘れていたのに気づいて、去っていこうとする琴平を手で制し、ニッパーで切ると、琴平は刃先の感触が嫌だったのか身を変によじらせて、震えた。

琴平は意識がはっきりしていないのかもしれない。夢遊病者のような頼りない足取りだった。

あんな調子では、道に沿って素直に歩いて行き、警官に捕まるかもしれない。天ヶ瀬に気づかれる前に、早く逃げて欲しい。

「これで良かったんだよね」

青木はスキーゴーグルを外して、顔を出した。

「あいつ、僕たちだって全然気づいてなかったな」

「どうだろ。気がついてないフリしてただけかも」

帰ろう、と青木に声をかけながら僕もゴーグルを外し、リュックを背負い直した。

「ちょっと探検してかない？」

　建物を出て数メートル歩いたところで、青木が言いだした。

「こんなとこ、きっともう二度と来ない。幽霊だらけ」

「青木、幽霊怖いんじゃないの」

青木の手首にはまだ血が滲《にじ》んでいた。青木は深く切るタイプなのかもしれない。

「早く帰ろう。誰かに見つかったら面倒臭い」

施設の近くに星の落下地点があって、そこの警備は厳重だ。

青木は天《あま》の邪鬼《じゃく》というか、言われたことの逆をやりたがる性格の持ち主で、僕から離れて進んで行った。

　ムキになって追うと余計に勢いづきそうな気がして、早足にならないようにして普通に後を追った。でもすぐに青木の歩く音が止んだ。近づくと、青木は雑草に埋もれてへたりこんでいた。声をかけても返事がない。貧血でも起こしたかと心配になった。顔を覗くと、彼女は目を丸く見開いて驚いた顔をしていた。

　青木は震える手で夜の虚《こ》空《くう》をさし、「星の幽霊が見える」と言った。

第二章

The second chapter

1

禁止区域を出たときには、二三時を過ぎていた。疲れた足を引きずりながら駅まで歩いていた。電車の本数は約一時間に一本。終電に間に合わないと面倒臭いことになる。それで僕はイラついていた。

「星の幽霊ってなんだよ」

「嘘《うそ》じゃないって」

「星の幽霊は、僕たちに一体何の用？」

それを信じていいか迷った。信じると決めたら最後、今より現実が複雑になっていく。だから正直、信じたくなかった。

「私に言われても困る」

そう言った次の瞬間、ゆらん、と青木はバランスを崩して足をさ迷わせた。すぐ駆け寄る。貧血だろうか。以前、町で同様に倒れ、地面に頭から激突してレスラー顔負けの流血騒ぎを起こした青木だった。もうあんなホラーな姿は見たくない。抱きとめると、力が抜けていた。

その目がふいに開いた。

虚《うつ》ろな目だ。

「おい、何だよ」

一瞬、時間が止まった気がした。

青木はすっと手を伸ばし、流れ星の落下地点を指さした。

唇が動く。

「世界の終わり」

これは青木が喋《しゃべ》っているんじゃない。

「これは全部キミたちが望んだことだよ」

何か別の存在が、彼女の姿を借りて喋っている。

「誰も……少なくとも僕は、力なんて望んでない」

「希望を叶《かな》えただけ。それなのに慌《あわ》てる自分が滑稽《こっけい》だと思わないか？」

そいつは言いながら不自然な角度で口角を上げて微笑《ほほえ》んだ。まばたきがなく、表情が人間のそれとは違っていた。ぞっとした。

「何だよ……お前」

僕は彼女の肩を摑《つか》んで揺さぶった。再び彼女の身体《からだ》から力が抜けて、首がだらんと垂れ下がった。心配になって顔を覗《のぞ》き込む。もう、いつもの青木に戻っていた。

「何これ。どういう状況？」

急に青木がいつもの調子に戻った。

「貧血。多分だけど」

僕はたった今の光景を思い出しつつ喋った。

「星の幽霊が青木に憑依《ひょうい》してた」

「気持ち悪」

青木は歩道にしゃがみ込み、自分の髪を鬱陶《うっとう》しそうに摑んだ。

「この力は、僕たちが望んだことだって言ってた」

「……幽霊と話したかったわけじゃないよ」

僕だって、別に未来が見たかったわけじゃない。

「私、死んだお母さんに会いたかった」

青木はうずくまったまま、憂鬱そうにこぼした。

「けど、お母さんの幽霊はいない」

青木の隣に腰を下ろして、一緒にアスファルトの模様を眺めた。灰色に白い粒々が混じってところどころひび割れている田舎のアスファルト。

青木は目を伏せながら、僕の手を弱々しく握った。

そう言えばあの日、一緒に避難するとき、手を繋《つな》いだ。相手の体温を感じてると、不安な気持ちが和らぐ気がした。

避難するとき死体を見た。血だらけで動かない見ず知らずの人間の身体を、見なかったことにして僕たちは避難を続けた。

なんで僕とか青木が生き残って、他の人が死んだんだろう。

たまに深夜、眠れないときとかにそんなことを思う。死体のことを思い出す。

どうして妹のミキが死んで、僕が生きているんだろう。

家に帰ってもすぐ眠れなかったので、ネットで立ち入り禁止区域について調べて意識が濁るまでの時間を潰《つぶ》した。でもたいした情報はなかった。コンクリートで埋め立てる計画は中止。有害物質は放出され続けているが、直ちに影響はない。

部屋の電気を消して、布団《ふとん》を被《かぶ》る。夜もかなり更けていた。

僕の家は、妹が死んでから静かだ。

ミキのいない家。

顔の輪郭も声の雰囲気もちょっとした仕草も、そういうディテールから先に、これからどんどん忘れてくんだという気がした。そのうち何も思い出せなくなって、ミキという名前だけが火葬場の骨みたいにこつんと残るんだ。

⏭

妹が死ぬ前、海とテーマパークに行った。

流れ星落下の日、施設が壊滅し、家に戻った僕はそれなりに温かく家族に迎え入れられた。別に僕は何も変わってなかったが、両親は表面上優しかった。

だからって心の中は落ち着かなかった。

あの日見た、吐き気のするイメージについて考え続けていた。夜の教室、学校。しばらくミキの顔を見れなかった。ミキに頼んで、学校の写真を見せてもらった。

クラスの集合写真にあの男がいた。線の細い青白い男だった。気持ち悪いな、と思った。

「担任の先生」

このままミキが学校に通い続けたら、取り返しのつかないことが起きる気がした。でも、そんなこと誰にも話せない。

僕は夕食時に「学校に行く」と言った。

両親はホッとしていて、ミキは嬉《うれ》しそうだった。翌朝、ミキと二人で家を出た。学校に行くつもりはなかった。

駅のホームでうずくまり、気分が悪い、と言った。それは嘘じゃなかった。

「学校行きたくない」

一緒にサボって、とミキに頼んだ。

そんな経験のなかったミキは迷っていたが、やがて了承した。二人で逆方向の電車に乗った。空《す》いていて誰もいない電車内で、どうでもいい話ばかりした。

二人で学校をサボるのは楽しかった。

古本屋で互いにオススメの漫画を教え合って何時間も立ち読みを続け、ヴィレヴァンでくだらない雑貨を見て、それに飽きたら、あてもなく何時間も歩いた。喉《のど》が渇いても喫茶店はスルーして、自販機でコーラを買って飲み、更に歩き続けた。ミキと二人の時間をなるべく長く引き延ばしたかった。飽きさせないように、バカみたいな失敗談や悩みを、次から次に口にして笑いをとろうと必死になった。ふとした瞬間に意味のない沈黙がやって来て、妹が我に返るのが怖《おそ》ろしかった。どうかこの楽しい時間ができるだけ長く続きますようにと祈りながら、僕は壊れたように喋り続けた。

昼過ぎからゲーセンでメダルゲームをやった。随分前から僕への小遣いは停止されていたから、メダルを買う原資はミキの金だった。ミキがメダル落としゲームで地味に増やしたメダルを、僕はスロットや競馬で空費していった。次々、手元から消えていくメダルを眺めながら、これがいつか現金になる日が来るかもしれないと思った。

時間を忘れて疑似ギャンブルに興じていたら、ミキが呆《あき》れたように、帰らないといけない時間だと僕に告げた。手元の百枚程度のメダルをすべて投入して、大穴の馬に賭《か》けて外した。ミキは「中途半端《はんぱ》に破滅型」と苦笑いをした。

ゲーセンを出ると夕方だった。明日からはちゃんと学校に行くとミキに言った。しょうがないなとミキはうなずいた。

次の日に海に行った。

電車に乗り、途中でバスに乗り換えて、季節外れの海岸を目指した。前日とは違って僕たちはあまり口をきかず、殆《ほとん》ど無言で、淡々と海への道を歩いていった。

ずっと一緒にいたら話すことなんて簡単になくなってしまう。

寄せては返す波が砂浜を溶かしていくのを眺めながら、ミキは「私たち将来どうなるのかな」と呟《つぶや》いた。僕は曖昧《あいまい》に笑った。真剣に受け止めて考えたって、どうしても暗い未来しか想像出来ない。冴《さ》えない、無残で陰鬱で、地獄のように果てしない時間が自分を待ち受けている気がした。そんな僕のことを、ミキは決して見捨てられず、その悲しい優しさにすがり続けて僕は年齢を重ねていくのだろう。

「ミキは結婚して子供いて幸せな生活だよ」

「相手はどんな男？」

「少なくとも無職じゃない」

僕はわりと真剣に考えてみた。バツイチでもないし、借金もない。女遊びもしないし酒もタバコもやらない。暴力を振るわない。悲しませないふざけない。

ミキは靴を脱いで波打ち際《ぎわ》に歩いていき、素足を水に浸しながら、そんな人のどこに魅力を感じたらいいの、と言う。

濡《ぬ》れて泥になった砂が彼女の白い指に絡《から》んでは、海水に洗われて流されていく。

ミキはため息をつくように言った。

死んじゃダメだよ。

次の日も当たり前のように、僕たちは学校を休んだ。

それで近場のテーマパークに行くことになった。

「一度行ってみたかったよね」ミキはその日、率先して学校と逆方向の電車に乗り込んだ。

窓の外の変わり映えしない町並みは、ミシェル・ゴンドリーが監督したChemical BrothersのPVみたいに、一定のペースで規則的に流れていった。

ドアにもたれていた気弱そうな男がミキをちらちら見ていた。

「彼氏とか作らないの」

「いらない」

ミキは僕のせいで自分の青春を諦《あきら》めているんだろうか。そう考えると、ぞっとした。

絶望には、引力があるのかもしれない。無関係の人間まで巻き込んで引きつけて放さず、なしくずしにして潰れるまで容赦しない、どうしようもない力が。

「セーリは好きな人出来た？」

「え？」戸惑ってうまくリアクション出来なかった。ミキは僕の耳を引っ張って、

「誰？」と言った。肯定も否定も、咄嗟《とっさ》に何も出なくて困った。

「最近だよね。施設で？」

そうなると思い当たるのは一人しかいないけど、僕は青木のことが好きなんだろうか？　自分の手をじっと見て、あの日繋いだ青木の手の感触を思い出してみる。でもどう前向きに捉《とら》えても、好きになるという段階よりもかなり手前のレベルで、好きが人類だとすれば、まだネアンデルタール人以前の原人という感じがした。なんか、違う。

「わかんないんだ」

僕が誤魔化すと、ミキは「あ、そう」と言ったきり沈黙した。それから三十秒くらいして、

「私が好きな人はセーリにすごく似てる」と言った。

何も言えなくて、僕はただ黙っていた。

目的の駅に着くと、小雨が降り出していた。コンビニで、学生には地味に痛い価格の

ビニール傘を一本買い、二人で傘をさして歩いた。入場ゲートで謎《なぞ》のゆるキャラの着ぐるみに歓迎された。ミキはパンフレットを真剣な顔で眺めていたが、これ以上雨が強くなると中止になる乗り物もありそうだ。

アトラクションに向かって雨の線が無数に伸びていた。

雨のテーマパークは不条理な感じがすると思った。当然晴れているべき場所なのに、という気がしてくるのだ。

「もっとこっち寄りなよ」

「大丈夫」

五百円もする癖にやけにビニールの面積が小さい傘に二人じゃ全然おさまらなくて、身体の左側だけ濡らしながら歩いた。

ミキは絶叫マシンに乗り、僕は怖いから乗らず地上から写真を撮ることに終始した。やがて一人で乗ることに飽きたミキと、今度は二人でコーヒーカップやメリーゴーランドに乗った。スタッフの人が僕たちの写真を撮っていて、お金を払えば買えるらしいその画像を見ると、僕は周囲から浮いて一人だけ青白いゾンビみたいな顔をしていた。

「来週から、ちゃんと学校行こうね」

人がまばらなフードコートでハンバーガーを食べながら、自分もサボりを楽しんでいる後ろめたさを隠すようにミキは言った。

「担任の先生と仲良いの？」

「今日の放課後、何か手伝えって言われてたけど」

「そいつ多分ヤバい奴《やつ》だから、学校行かない方がいい」

「は？」

　ミキは動きを止めて、不審そうな顔で僕を見た。

「なんで？　会ったこともないのに」

「未来が見えるんだ。そいつはミキに危害を加える」

「ヤバいのはセーリだよ」

　ミキは呆れたように言って立ち上がり、どこかに歩き出した。僕はその後を追いかけた。

「どこ行くんだよ」

「学校。もう、ダメ人間に付き合うのは終わり」

　服を摑んで引っ張ったら揉《も》み合いになった。それから、家に帰るまで口をきかなかった。

　夜になっても、ミキは僕を無視し続けていた。

　晩飯のとき、母親が急に「明日、お父さんとお母さん、叔父さんの奥さんのお父さんの四十九日に行くから。帰り遅くなる」と言った。

「へー、叔父さんの奥さんのお父さん、死んだの」

通算二度くらい会った気がする。七十歳か九十歳くらいで、何か助からない系の病気で入院していた。

「前に言ってたぞ」父親が食べ物を口に入れながら言った。

翌日はミキと二人で留守番だ。

夜、寝ようとしていたら、隣のミキの部屋から壁を叩《たた》く音が聞こえた。

「セーリ、昼間はごめんね」

ベッドにもたれて壁越しに話した。

「大丈夫だけど」

眠るまで二人でどうでもいいことを話した。眠るのと死ぬのは似てるとか、夢も現実も主観的にはリアルな人生を生きているとか。そのうち意識が濁り始め、僕が先に寝た。

家の外で人が騒ぐ声がしていた。

誰か救急車。早く。

切迫した叫び声が耳に飛び込んできた。

何事だろう、サンダルをつっかけて家の外を見に出た。

玄関ドアを開けると、

家の前でミキが倒れていた。
首に浮かぶ赤い痣《あざ》。
ぐったりしていた。
その時点で意識がなかった。
一緒に救急車に乗り病院まで行った。
僕は救急車の中で、生きていると信じたくて、ミキに話しかけ続けた。
救急隊員が確かめたとき、もう心臓が静止していた。

ミキが死んだ翌週から、僕は学校に行き始めた。
涙が出なかった。何にも心が動かなくて、自分が機械になった気がした。
とにかく家にいたくなかった。ミキを思い出してしまう。
死にたかった。
でも死ねなかった。
それで、何度も死のうとして、何度も未来を見た。終わってる世界のくだらない未来。
どうでもいい未来ばかりだった。

そして僕はやっと、あの日見たものが、未来のある可能性だったことを知った。自分の力がどういうものなのかを知った。未来が簡単に変わってしまうものだということも知った。僕は未来を変え、そしてミキは死んだ。

僕は死にかけると未来を見ることができる。

そうして僕の世界から、前向きな言葉や感情のすべてが消えた。

僕は何もない世界を生きた。無目的に、空虚に、だらだらと。生きる死体みたいに。

早く死ねばいいのにね。

ミキが死んで、日々は怠惰に過ぎた。

中学生活残り一年。学校に行けば、相変わらず息が出来なくなるくらい殴られる日々。妹が死んでも関係なかった。僕は自分をゾンビと思うことにした。心は死んでるけど体は生きてる。そう考えて自分から心を切り離した。自分ルール。生きてても死んでるから痛みを感じない。意識を飛ばし、なるべく他人《ひと》事《ごと》と思うようにして、卒業までやり過ごすことにした。

僕が通っていたのは中高一貫教育の私立校で、成績や出席状況から系列高校への内部進学は難しいとなった。学年主任から投げやりな進路指導が一度あり、最低ランクの高校に進みたいから定員割れの高校を教えて欲しいと頼んだ。

受験前に青木から連絡があった。最後に一応、連絡先を交換していた。たいしたことは話さない。核心に触れるようなことは何も。妹が死んだことも、僕は長らく言わなかった。

中身のある会話なんか死んでもしたくなかったし、きっと青木もそうだった。リハビリのように、薄いやり取りが月に二、三回の頻度で続いた。話をすることだけにしか意味がなかった。なるべく慎重に、普通の中学生が話すような無意味な話ばかりした。

そのプレイの一環なのか、どこの高校を受けようか迷っている、と青木から相談された。何を血迷っていたんだろう。勉強しなくても入れる良い高校がある、と僕は教えた。道連れが欲しかったんだろうか。

下から数えて何番目かに偏差値の低い高校に僕と青木は二人揃《そろ》って入学した。いざ入学すると、そこはやはりバイオレンスな学校で、殆ど学級崩壊状態、いじめや恐喝は日常茶飯事という、内戦地帯のような場所だった。

僕は息を潜めて、なるべく誰とも目を合わせず口を開かず、目立たないように振る舞った。それがある意味僕の高校デビューだった。

人類と関わりたくなかった。

違うクラスになったが、青木の方は、意外にそつなく孤高のポジションを守っていた。僕からは話しかけなかった。学校という空間で男女が一緒に行動していると、無駄に噂《うわさ》になる。もし僕がいじめられることになったら、青木に迷惑がかかる。だから学校の中では無視しようと思った。

　未来を見る力で、学校生活を器用にうまくやってやろう、とかは思えなかった。どうせ、未来は変えても変えなくてもロクでもないし、この世は絶望そして虚無だ。何が起きても、人生それ自体が苦痛だということに変わりはない。

　休み時間が一番苦痛だった。

　学校中を探して、屋上ドアの前の非常階段を見つけた。そこが、校内で殆ど唯一《ゆいいつ》、誰もやって来ない、一人でいられる場所だった。

2

　転入生の野沢大悟《のざわだいご》の潰れた右手を見たとき、クラス中が驚いたが、僕が一番ショックだった。

「野沢です。前の高校は退学です。心を入れ替えて頑張ります。それから、中学のとき一緒だった友達がこのクラスにいます」

　野沢がこちらを見て、周囲も一斉に僕に目を向けた。僕は中学で彼にいじめられていたが、かつて一時期友人だった。中一の一学期の間だけだ。

「よろしくな」

野沢は自分の席に座る前、遠回りして僕の方にやって来て、肩を小突いていった。

そして当然いじめが始まった。

野沢は一瞬で不良と馴染《なじ》んだ。右手は、深夜、バイクを運転中にガードレールに激突して負傷したらしい。

彼は二週間でクラスの中心人物になった。

野沢は残虐《ざんぎゃく》に暴力を振るった。手加減を知らないのではなく、知っていてあえてしない。最初の標的は、元々いじめられていたクラスの男だった。彼が不登校になり、次の矛先が僕に向いた。

長年いじめられていると、いじめにも幾つかのパターンがあるとわかってくる。

・暴力
・悪食《あくじき》
・性

野沢の友人のヒゲ坊主《ぼうず》は僕を簡単に投げた。校庭に叩きつけた僕の背中をホップステップで強く踏みつけてジャンプ、バク宙を決めて見事僕の上に着地。アクロバティックな動きで、不良であるからにはこれくらいの運動神経が必要なのだと他人事のように感動した。

ただ、このようなステレオタイプないじめばかりを繰り返していると、いじめる方も疲れてくるし飽きも出てくる。殴る蹴《け》るだけでは間が持たないという点では少年誌のバトル漫画もいじめも似たようなもので、だから食事や性的な要素を間に挟む必要が出てくる。

それで悪食といえばそのルーツは闇鍋《やみなべ》的悪ノリにあるのか、これはできるだけおぞましいものを食べさせた奴が勝ちというシンプルで奥が深い遊びだった。

これも暴力と同じく、キャットフードなどの比較的ライトなものから始めて、徐々に酷《ひど》くしていく。以前のものよりもインパクトが落ちてはいけないから、いきなり酷いものを出してはいけない。乳幼児相手に離乳食から始めて徐々に普通の食事に慣らしていくような慎重さで、残飯や腐ったヨーグルト、沸騰《ふっとう》した熱湯などから始めて、空き缶のプルタブやプラスチックといった無機物を経て、蛙《かえる》や蜂《はち》、ゴキブリなどの生物、最終的には糞尿《ふんにょう》といったところに落ち着いていく。吐きすぎて食道が荒れた。

最後に性的いじめ。公開自慰を皮切りに精液を飲まされたり……とグロい所業が繰り返される。天ヶ瀬がいつか言ったように、性的倒錯者だったら、たまらないだろうと思う。

こうなるとだんだん、変性意識、トランス状態に突入していく。現実感が麻痺《まひ》して、痛みだけが自分をこの世に繋ぎ止めてくれる唯一の感覚のように思えてくる。

「お前なんで生きてんの？」

わかんないよ。

「青木って女と仲良いんだって？　こないだ一緒に下校してるとこ見たよ」

野沢は、おんな、のアクセントをやけに卑《ひ》猥《わい》に響かせた。

「今度お前ら、やれよ。俺らの前で」

「殺すぞ」

とりあえず無駄な抵抗で、顔面を一発殴っておいた。

こういうとき、彼らは、自分の力を思い知らせてやろうと容赦なく徹底的に暴力をふるう。殴られ蹴られながら、どこか心安らぐ感じがあった。

僕はもしかしたら、殴られたいのかもしれない。

救いようがない。


「間中は救われたいと思ってないんだよ」と青木が言った。

屋上のドアにもたれて、購買のパンなど食べ暇をやり過ごす、いつもの昼休みだった。

「……青木、不味《まず》そうなパン食ってるな」

僕はムカついたので青木の食べ物の趣味にケチをつけた。

「え？　これ？　おいしいよ。ヤバイよ」

青木が食べていたのは焼きそばパンで、とても「ヤバイ」くらい「おいしい」食べ物には見えない。クリームパンとかメロンパンとか、もっと無難なチョイスはなかったのか、と思いつつ手元のどくだみドリアンパンパンを囓《かじ》る。

「青木は救われたいか？」

「どうかな」

いじめられていることは青木に黙っていた。クラスは違ったしバレてなかったが、時間の問題だった。青木とは距離を置いた方がいいのかもしれない。

「筋トレしたら不良になれるかな」ふと思いついて僕は言った。

「こないだテレビで見たけど、生まれつき、筋肉がつきやすい身体なのかある程度決まってるって。筋肉も才能かも」

「何が言いたいんだよ」

「結局、生きる才能がないの私たち。だから救われない。才能がないのにあがいても無駄な努力って気がする」

「生きる才能？　何それ」

「**うりゃ**、みたいなもの」

青木はそう言って力なく空に手をつき上げた。

「生きる才能ってみんな持ってるのかな」

「私の考えでは二人に一人くらい」

「世知辛い話だ」

　でも、そう考えた方が色々ラクかもしれない。元々才能がなかったと思えば諦めもつきやすい。無駄な抵抗をする気もなくすから。

　自分には、他者から損なわれない才能がなかったのだ。


「余計なお世話かも、だけど」

　体育の始業チャイムが鳴った直後、更衣室で話しかけられた。十分休憩の間に殴られて、始業時間になってもまだ着替え終えていない僕に、クラスメイトのニョル彦《ひこ》が突然声をかけてきた。

「船岡《ふなおか》くん。授業、始まってる」

　船岡稔彦《なるひこ》は、見た目や雰囲気、話し方から受けるイメージがなんとなくナメクジっぽいという理由でニョル彦と呼ばれ、たまに殴られたり金をせびられたりライトにいじめられていた。僕もそうだったが、たいがい、いじめられる奴は何故《なぜ》か服を着替えるのが遅い。

「あんまり逆らわないほうがいいと思うんだ。その、野沢くんたちに」

「ん？」

「間中くんはちょっと反抗的な態度が過ぎるっていうか、もう少し控えめにした方が」

「船岡くんは自分の態度、控えめなつもりなの？」

「え？　うん、一応、なるべく、逆らわないようにって、そのつもりなんだけど」

「君も殴られてるだろ」

「え？　でも」

「無意味だよ。どうせ、やられる奴はやられるだけ」

「だ、だけど僕は、間中くんよりはマシだよ」

「じゃあ、僕がいて、よかったじゃん」

ジャージに着替え終わった僕は会話を切り上げて、さっさと更衣室を出た。

また体育、遅刻だ。

このままではいよいよ出席が足りなくなる。高校で留年はちょっとマズい。

体育の授業はサッカー、試合形式で、僕が行くと丁度チーム分けをしていた。生徒の自主性を重んじて、それぞれのチームのリーダーが順に自チームのメンバーを選んでいくというクソ方式が採用されていて、案の定僕とニョル彦が最後まで売れ残った。70％オフでもしつこく服屋に残り続ける紫の豹柄《ひょうがら》ジャケットにでもなったような気分だった。

お前らキーパーな、ということで僕とニョル彦は同じポジションを仰《おお》せつかることになった。ゴールが決まったとき責任を被らせて、それを名目に殴って蹴って楽しみたいわけだ。

ニョル彦もそのゲスな意図を読み取ったのか、シリアスに顔を強張《こわば》らせていて、僕はなんだか悲しくなった。あいつ真面目《まじめ》にやるつもりなのだ。

やってられないだろ、こんなこと。

試合は一方的な展開で、僕の方には全然ボールが来ない。向こうのゴール前で、野沢たちは故意にニョル彦の顔面にシュートをぶつけて爆笑していた。相手チームも空気を読んで、ボールを奪わず手を抜いていた。教師は、ほどほどにしとけよ、と笑っている。ニョル彦は顔面を駆使して、一生懸命にゴールを守ろうと必死だった。

ニョル彦は、いつか大人になって、家庭を持ち子供が生まれ公園で一緒に遊ぶとき、この日のことを思い出したりするんだろうか？　それとも、なかったことにして、忘れて生きていけるんだろうか。

クラスメイトも教師も誰一人、僕を見ていなかった。ジャージのポケットに突っ込んでいた文庫本を取り出して開いた。やってみると、サッカーの授業でも意外にバレない。

ヴォネガットの『スローターハウス5』を読んでいた。主人公は不条理なタイムトラベルを繰り返していく。大切な人が殺されること、自分もまたいつか殺されることを知りながら、過去も未来も変えない。淡々と人が死んでいく。主人公は「そういうものだ」という口癖を繰り返しながら運命を受け入れていく。

たまに視線を上げて現実を確認しながら、虚構と校庭を行きつ戻りつしていたら、誰かがいるのに気がついた。敷地の外からフェンス越しに校庭を見ている小さな人影。目を細めてじっと見ると、天ヶ瀬に見えた。

彼はすぐに離れていき、タイミングを逸した。追いかけようとしたとき、ボールがこちらに飛んできた。見上げると、ボールは大きく空を舞い、鮮やかにゴールに飛び込んでいった。

「何やってんだ。お前」

授業後、野沢の取り巻きの一人に羽交い締めにされ、渡り廊下の柱に頭をぶつけられた。ふらついたところを押し倒されて、右手の指を足で踏まれた。

「折る？」

中指の第二関節までを靴裏で踏んだまま、僕の腕を持ち上げ、負荷をかけた。

「やるなら、一気にやった方がいい」

野沢はつまらなそうな顔をしていた。指を踏んでいた男は、冷めた顔で僕を離した。

「間中。お前、自殺の練習しようよ」野沢はつまらなそうな口調でそう言った。自分自身のそんな言葉にも、少しも刺激を感じないという風だった。

放課後、僕は野沢たちに呼び出されて空き教室に行った。理科実験室には他に誰もいなくて、僕と野沢たちだけがいた。机にコピー用紙とボールペンが置かれている。野沢は僕にボールペンを握らせた。

「いつか俺たち、お前のこと殺すかもしれないじゃん」

僕の手を持って、野沢はペン先を紙に押し付けさせた。

「遺書、書いてさ。これから死にます、って」

別に本当に今から死ぬのなら、遺書を書いたっていい。ただ、この場の余興で遺書を書かされるのは、微妙にかなり不愉快だった。

「死ぬときしか書きたくないな」

「だったら死ねばいいだろ、今」野沢の声には感情と抑揚がなかった。

結局、何も考えずにペンを走らせた。僕は人生に絶望しています。これから自殺します。誰も悪くない。自己責任。悪いのは僕の心の弱さ。

「これでいいか？」

野沢は僕の遺書を摘《つま》み上げて、つまらなそうに笑った。「なんか人間味のない遺書な」と感想を言った。

野沢の取り巻きがバケツを持ってきて、理科実験室に備え付けられていた蛇口を捻《ひね》り水を溜《た》めた。すぐ、バケツに水が満杯になった。

「ほら。死ねよ」取り巻きの一人が僕に言った。

僕は目を閉じてバケツの中に顔を突っ込んだ。

水面の上で笑い声が聞こえた。

やがて僕の意識は、水没していった。

Ⅱ

見覚えのある非現実的な空の色。波打ち際に僕はいた。頭上には見渡す限り雲がなくて、空はずっと静止しているように見えた。空と同じくらいこの世界は空気が不気味で、淀《よど》んでいて覚束《おぼつか》ない感じがした。

目の前にまたあの影が立っていて、僕をただ見下ろしていた。

「キミは死にたいんじゃなくて、本当はあいつらを殺したいんじゃないのか」

「無理だよ」

「殺そうと思えば殺せるはずだよ」影は僕に何かを手渡した。それはよく見るとずっしりと重いナイフだった。

「それで人体を破壊するだけ」

僕は黙って掌《てのひら》の中のその刃物を見ていた。

「殺さなかったら殺されるかもしれないのに」

「いいんだよ」

「死ぬまで負け犬で悔しくないのか？」

「仕方ないよ」

僕は惨《みじ》めな気分でため息をついた。

「お前に一言、言いに来たんだ」

僕はなんとか立ち上がって、影と向かい合って言った。

「もう二度と僕たちに関わらないでくれ」

それが僕の願いだった。

「力も消してくれよ」

「嫌だね」気づくと、そいつはもう姿を消していた。

あたりを見回すと、徐々に空は暗くなり、周囲からは光が消え始めていた。それに伴って、視界すべてが寂しい景色に変わり始めていた。

「間中。どうしてここにいるの」

僕を呼ぶ声がして、振り返ると、そばに青木が立っていた。

「青木こそ、なんで」言ってすぐ自分で気づいた。彼女は前からこの世界と現実を何度も行き来しているのだ。

「間中がいてビックリした」

青木は困ったような顔で僕を見ていた。

「間中、死んじゃダメだよ」

「青木こそ」言いながら、僕は彼女のことが心配になった。このまま、彼女が現実に戻って来なくなったらどうしようと思った。

「私は慣れてるから」確かに彼女の方が僕よりもこの世界に馴染んでいるようだった。

「この世界と現実を行き来してると、そのうち感覚がおかしくなってく気がする」

「もうなってるよ」

「早く帰ろう」

「現実に帰ってどうするの？」ウンザリしたように青木が言った。

「現実に戻ってもいいことなんか一つもないのに、なんで間中は帰ろうとするの」

そう言われると自分でも、なんで現実に帰ろうとしてるのかよくわからなくなった。

「ずっとここにいた方がいいのかな」

それから僕と青木はなんとなく手を繋いだ。彼女の手を引いて歩き出した。

いずれずっと二人でいて、行ききるところまで行ってしまったらどうなるんだろう。そう考えると怖くなった。やがて現実へ戻るためのあの辛《つら》くてしんどい感覚がやってきて、僕の意識は消えていった。

目覚めると床に寝ていた。誰もいない。放課後だ。窓の外はまだ明るい。死んでから、そう何分も経過していないということがわかる。野沢たちはいなくなっていた。電気の消えたままの理科実験室は薄暗くて、まるで遺体安置所みたいだと思った。野沢たちは僕を放棄して帰ったようだ。

脳みそに少し痺《しび》れたような感覚があった。それは眠り過ぎた後の鈍い痺れに似ていた。理科実験室の床は冷たい。その冷たさに触れていると、孤独だな、という感じがした。

それから、青木と何度か顔を合わせることはあったけど、あの世界での出来事については触れなかった。なんとなく、現実でそれを話すのはマナー違反のような気がしていた。

3

しばらくして。

朝、駅のホームで列に並んでいたら、天ヶ瀬から電話があった。

「大事な話がある」

なんか切実な感じで、琴平を逃したのが僕だと感づいたのかもしれないと思った。

「会って話すか」

「いつ、あいてる？」

「放課後とか」

「学校、サボればいい」

「小テストあるから」と僕は嘘《うそ》をついた。

「お前の高校行くよ。昼休みなら大丈夫だろ？　高校名教えて？　調べて行くから」

天ヶ瀬の口調が殺伐とした調子なのが嫌だった。

「高校はまずいよ。部外者の天ヶ瀬、教師とかに見つかったら」

「大丈夫だよ。近くまで行ったらまた電話する」

言うだけ言って天ヶ瀬は電話を切った。洗脳するから大丈夫、って言いたいんだろうか。電車に乗って考え込んでいたら、同じ車両に青木が乗り込んできた。

「間中いつも遅刻してるイメージ」

「一時間目の体育、出席足りてないから。留年ヤバいんだよ」

「高校始まったばっかりだけど……」

「そんなことより」

先程の天ヶ瀬の電話のことを相談すると、

「え、天ヶ瀬くん来るの？　私も会う」と青木は嬉しそうだった。こっちの今の気分を伝えたくて、過剰に憂鬱な声で言う。

「あいつ多分、気がついてるよ。琴平を逃がしたこと」

「怒ってんの？」

「多分」

「話せばわかるよ」

射殺された総理大臣のように呑気な青木だった。

「学校サボってカラオケ行こ」

「青木、天ヶ瀬のこと怖くないの？」

天ヶ瀬の力のことは青木にも、何度も話している。

「なんで？」

「喧嘩《けんか》して洗脳されたら」

「天ヶ瀬くんは私たちにそんなことしないよ」

青木はただ本気でそう信じているようだった。

わかんないだろそんなの、と思う。

結局青木に言われるがまま、一時間目の体育だけ出席したあと早退した。天ヶ瀬にカラオケ行くらしいぞと伝えていた。繁華街の駅前で待ち合わせた。

「天ヶ瀬くん、久しぶり」

青木がいて、天ヶ瀬は毒気を抜かれているようだった。

カラオケにフリータイムで入るなり、青木はポジティブな曲ばかり歌った。愛とか旅立ちとかしゃらくさい歌詞ばかりでウンザリしてたら、逆に青木が口を尖《とが》らせて文句を言ってきた。

「二人とも全然歌わないの、なんで?」

確かに、入ってから三十分、僕と天ヶ瀬は一曲も歌わなかった。全く気が向かなかったけど何か適当に入れようとしたら、

「私トイレ行く。二人歌ってて」と青木は出て行ってしまった。

急に静かになった室内で、天ヶ瀬と二人、無言で向きあうことになった。青木、お前このタイミングで出ていくのか、と思った。

さっさと曲を入れて誤魔化そうとリモコンを操作したが、こういうときに限ってタッチ操作の画面はペンの感触を平然と無視する。

「間中。真面目な話しろ」

「今度の衆院選どうなんだろうな」

「お前、俺の未来見たな。正直に言え」

「そっちから言えよ」話してるうちに僕もムカついてきた。

天ヶ瀬はしばらく黙ってただ僕を見ていたが、やがて決意したのか、口を開いた。

「あのな」「ちょっと、全然歌う気ないじゃん！」と言いながら青木が入ってきた。

こいつさっきからタイミング悪いな。

「俺、あの日から」それでも続けようとした天ヶ瀬を遮って、青木が「私は、幽霊が見える」と叫んだ。

青木は目を見開いていた。

「青木。なんか変だよ」

「クスリ飲み過ぎた」

「落ち着け」

カラオケボックスのソファーの上で無意味に飛び跳ねた青木をひっ掴《つか》んで座らせた。

「二人も飲めばいいのに」

青木は鞄《かばん》からクッキー箱サイズの金属缶を取り出した。中には怪しげなクスリがごっそり入っていた。

「私の抗鬱剤《こううつざい》コレクション。軽く致死量はあるよ。どれにする？」

「アガるやつがいい」天ヶ瀬は俄然《がぜん》やる気だった。

「私と同じのにする？」

無言で小さくうなずく天ヶ瀬。

青木だけでなく天ヶ瀬までこんなテンションになるのだと想像すると、自分だけポッンと取り残されるのは、かなりダルい。

「僕も頼む」

「私もそろそろ切れそうだから、追加で」

青木はカッターでクスリのカプセルに切れ目を入れ、粉末を取り出した。

「普通に飲んでもいいんだけど、スニるのもいいかも」

「鼻から吸うやつ？」

「それそれ」

テーブルの上の白い粉末に三人で顔を近づけて、指で片方の鼻の穴を押さえる。

「いっせーのーせっ」

三人でその白い粉を、力強く吸い込んだ。その行為は中々に終わっていた。物凄《ものすご》いダメ人間になった気がした。

「二、三十分くらいで効くから」

青木は昔のアイドルソングを入れ、歌詞に合わせて踊りながら歌い続けた。

……………………………………。

簡単にキマって素晴らしい気分。

天ヶ瀬はタンバリンを持ち出して叩きまくり、青木は毒キノコを食べた人のように際限なく笑い転げていた。

「間中の音痴」

アップテンポな曲を熱く歌い続けていたらあっという間に声も嗄《か》れて、休憩がてら、さっさとシリアスな話は片づけてしまうことにした。

僕は正直に話をした。世界の終わりのイメージは黙っていた。それ以外、未来が見えることや、琴平を逃がしたことは話した。

「青木、幽霊見えるの」天ヶ瀬が聞くと青木はうなずいた。

天ヶ瀬はしばらく考え込んでいた。「信じられない？」と青木が聞く。

「いや。青木に何か見えてるの、信じる」

「誰か私に見て欲しい人いる？」

「いない」

「天ヶ瀬の力は洗脳だよな」

「うん」

「どんな力なの？」

「深く死にかければ死にかけるほど、……人の心を動かせる」

なんだか怖いなと僕は思った。

そんな話をしてるうち、クスリの効き目も切れ、躁な気分も薄れて頭は覚めてきていた。

「これからどうなるんだろ」

僕に言わせれば二人は呑気で、自分たちの力とか、起きている奇妙な出来事を、ただ単に面白がっているように見えた。その二人の顔を見ていたら、自分だけ悩むのがバカらしい気がしてきて、僕はそれ以上考えるのをやめにした。

やがて部屋の電話が鳴った。「十分前」と店員に言われて、夜の七時近くになっていると気づいた。

店の外に出たら、空は暗くなってて夜だった。

「天ヶ瀬、力使うとき、どうやってる？」

駅まで三人で歩いてるときに聞くと、天ヶ瀬はポケットからスタンガンを取り出してスイッチを入れた。バチバチと電流が迸《ほとばし》る。「これを、こう」スイッチを切ったスタンガンを頭に押しつけた。

「結構効く」

「他にやり方ないの」先を歩いていた青木が、振り返って呆《あき》れた。

「俺、明日お前らの学校遊びに行く」

僕と青木が駅の改札機を通ると、その手前で天ヶ瀬が立ち止まって言った。彼は電車に乗らないつもりらしいと遅れて気づいた。

「天ヶ瀬くんが遊びに来たら、退屈しないからいいよ」

会社員風の男が、急に立ち止まった青木の顔を、不機嫌そうに振り返って過ぎ去って行った。

「何見てんだよ」

そのとき、天ヶ瀬がそのすれ違った男に対して低く叫んだ。会社員の男は天ヶ瀬を一《いち》瞥《べつ》して軽く舌打ちし、そのまま駅の外に歩いていった。

「殺すぞ」ハッキリした声で天ヶ瀬が言った。それを僕はたしかに聞いた。

次の瞬間、天ヶ瀬の姿は雑踏の中に消えていた。

「青木、ごめん。先、帰ってて」

僕は走って天ヶ瀬を追いかけようとした。改札機にＩＣカードをかざすとエラーが出てフラップドアに阻《はば》まれ、飛んで避ける。天ヶ瀬の姿が見つからない。僕は走った。後ろから駅員が何か言いながら追いかけてきた。青木が心配そうな顔でこっちを見ていた。人混みに紛れるために、駅を出て繁華街を走った。駅員はまだ追いかけてきている。人波をすり抜けて走りながら、見知らぬ誰かに摑まれたら終わりだな、とか思う。

「こっち」

雑居ビルの入り口の段差に天ヶ瀬がジーンズのまま座って、手招きしていた。「お前……」文句を言いかけて、別にどうでもいいやと思い直してやめた。

二人で雑居ビルの中を素通りして裏口から脱出した。

天ヶ瀬はいつの間にか僕の知らない道をたくさん知っているようだった。二人で路地裏を歩いたが、天ヶ瀬がどこに行こうとしてるのかはわからなかった。もしかしたら彼は、どこに行こうとしているわけでもなく、ただ単に、あてもなく歩いているだけかもしれなかった。それならそれでいい、と僕は思っていた。

「あのさ」

僕はポケットに手を突っ込んで、アスファルトに向かって喋《しゃべ》っていた。

「どうして、天ヶ瀬は人を殺したいんだ？」

「俺は人を殺したいのかな」天ヶ瀬も僕の顔を見ないで夜空の星かネオンを見上げたまま返事をした。

「とぼけるなよ」

僕がそういうと、それきり天ヶ瀬は無言になった。

「これ、どこ行くの」

「見せたいモノ、あるんだ」

そう言って天ヶ瀬が急に右に折れて、通りがかった建物の中に入った。彼が入っていったのは、巨大なマンションだった。エントランスが広く高級そうなソファーがあり、天井が高く、コンシェルジュまでいて、そこは、とても彼に縁のありそうな建物には見えなかった。でも彼は平然とポケットから鍵《かぎ》を取り出しオートロックを開けて入っていくので、僕は正直面食らってしまった。単純に彼が思いつきでふざけているのだと思った。でも違った。

「ここに住んでる」彼のその言い方があまりに堂々としていたので、僕は内心ちょっとウケてしまった。それから、もう彼が何を言ってもなるべくいちいち驚いたりしないようにしよう、と心の中で密《ひそ》かに誓った。

　エレベーターの中で天ヶ瀬はただ不機嫌そうに仏頂面《ぶっちょうづら》をしていた。

　七階で降りて天ヶ瀬は一番奥のドアのインターフォンを押した。しばらくして高校生の男がドアを開けた。彼は僕たちを見ても決して驚いた顔をしなかった。不思議そうな顔で空中を眺めているだけで、男子高校生は何も言わなかった。

「俺はこの家の住人には無視されるように暗示をかけてる。一緒にいる限りお前も気づかれない」

　本当かよと思った。そんなことがあるんだろうか。とても信じられない。彼は自分の家であるかのように中に入って、ドアのところで僕を振り返った。

「入れよ」

ツルツルした大理石の玄関を入る。フローリングの質感も上質だった。まるで次世代ゲーム機の映像くらい、生活のテクスチャ感が僕の家と違う。二十畳以上ある広くて白っぽいリビングに、三十代くらいの男女がいた。高校生の両親だろうか、それにしては若い。男はソファーに深く腰掛けてバラエティー番組を見ていて、女はキッチンでゴム手袋をして洗い物をしていた。家の中には変なオブジェや抽象絵画が控えめに飾られていた。男子高校生が乱暴にバタンと音を立ててドアを閉め、「静かに閉めなさい」と女が台所のシンクから顔を上げずに言った。

本当に誰も僕たちの存在に気づいていなかった。まるで石ころか透明人間にでもなったような気分で、あるいは観客として演劇でも見させられてるみたいだった。

「お前本当にここで生活してるのか」僕は呆れて天ヶ瀬に言った。天ヶ瀬は数秒、黙ってリビングを見渡した。「こっちだ」と彼は言って廊下に出た。

「よく気が狂わないよな」

「もう慣れた」どんな気分だろう、と僕は想像した。知らない他人の家庭生活の中で生きていくというのは。

廊下の奥のドアを開けるとそこはシアタールームになっていた。革製のパーソナルチェアと、プロジェクターが設置されている。天ヶ瀬が慣れた手つきでスイッチを入れると、スクリーンが電動で天井から垂れ下がってきた。

「ここが俺の部屋」天ヶ瀬はそう言ってパーソナルチェアに腰を下ろした。「よく寝れる」なんだかバカバカしい暮らしをしているなと思った。

「平日、ここは誰も使っていないんだ」

　僕は部屋の中にある大量の映画のDVDをぼーっと眺めた。やけにたくさんあって、それがなんだか、僕にはいやらしく見えた。

「この家の父親は『時計じかけのオレンジ』が好きらしいよ。その映画に出てくる変なオブジェが家に飾ってあっただろ。俺はバカみたいだって思うよ。エアコンの効いたオートロックのマンションで、そんな映画を見るのはバカみたいだ」

　天ヶ瀬はプロジェクターのスイッチを入れ、器用な操作でスマホをいじり、ミラーリングというのだろう、自分の手元のスマホの画面を、無線でスクリーン上に反映させた。

僕は彼がそんなふうに電子機器の操作に慣れていることに少し違和感を覚えたが、彼は「暇つぶしに何か見ていないと退屈で気が狂うだろ」と言った。

「何を見るんだ？」

「別にどうでもいいヤツばかりだよ」

「例えば？」

「猫の動画とか、あとドッキリとか、そういう見たら一秒で内容全部記憶から消える系のヤツ」

彼は言いながらYouTubeの視聴履歴を僕に見せた。彼が過去に眺めていたらしい猫の動画が、スクリーンいっぱいに映し出された。それから天ヶ瀬は「なんだ？　人を殺す動画でも見てると思ったか？」と僕に言った。僕は彼にどう答えていいのかわからなくなった。

僕はシアタールームの作り付けの棚にしまわれた無数のDVDの背を見ながら話した。

「他に何か見ないのか？」

「……そこに何も書いてないDVDの黒いケースがあるだろ。右の一番下」

見るといくつかあった。「一番右端のやつな。間違えたら、この家族のホームビデオだ」僕はそんなものを手繰り寄せてダサい気分になりたくなかったので、慎重に天ヶ瀬の言ったDVDを探しあて、ブルーレイの再生機にセットしてボタンを押した。

「これはなんなんだ？」

「見ればわかる」

「なんのために見るんだ？」

「大切な気持ちを忘れないためだよ」

やがて映像が始まった。

それは最初、赤ん坊の写真から始まった。画質が荒く不鮮明で、それが昔の携帯電話で撮影された写真だということがわかる。続いてまた別の写真。写真が続く。スライドショーというやつで、普通の人が自分のパソコンで編集して作ったようなやつだ。

「この赤ん坊、俺なんだ」言われなくてもなんとなくそんな気がしていた。面影があった。

　写真が数秒ごとに切り替わり天ヶ瀬の写真の中で次第に成長していく。気になるのは写真の中でこの赤ん坊がいつも同じ服を着ていることだった。でもそれ以外に気になることはなかった。

　ある程度十数枚写真が続いて次は動画が始まった。赤ん坊が泣いているが、誰も何もしようとしない。携帯のカメラがずっと泣きやまない赤ん坊の姿を映し続けている。ふと、この映像を録画し続けている人物は誰なんだろうと思った。そいつが誰で、何を考えてるのか、想像するとゾッとした。異様な冷たさがあった。

　突然画面がぷつりと切れて次の動画に移った。ジャージ姿の足が見える。男の足だ。床で寝ている赤ん坊を蹴っている。男は笑っていた。

「俺の父親」そう解説する天ヶ瀬の声は、どこまでも他人事《ひとごと》のようだった。

　暴力というものはそういうものだけど、徐々にエスカレートしていった。男は子供の天ヶ瀬の両腕を強く泣くまで引っ張ったり、彼の小さな体を放り投げたりした。それから、父親であるその男以外の人間も虐待《ぎゃくたい》に参加するようになっていった。

例えば母親らしき女が天ヶ瀬の髪の毛をライターで炙《あぶ》ったり、バケツに入れた水をかけたり、室外のベランダに彼を締め出したりしていた。また別の場面では、中学生くらいの男が天ヶ瀬の両足を持ち、逆さ吊《づ》りにしてベランダの柵の外で彼の体を揺らしていた。

「よく見るんだ、このＤＶＤ。こないだ久しぶりに実家に帰って、盗んできた」

ときどき、そういう虐待に混じって「お前が悪い」「死ねばいいんだ」「お前なんか生まれてこなければよかった」「殺してやる」といった、湿った言葉が聞こえた。

「どう思う？」と天ヶ瀬は僕に聞いた。

僕は正直言って戸惑っていた。その映像に対してこみ上げてくる怒り、それとは別に、一体何故《なぜ》これを今急に天ヶ瀬が僕に見せようとしたのか、その意図というのがまるで摑めなくて僕は困惑していた。

中学生になり、少し体が大きくなった天ヶ瀬の体に、男がタバコを押し付けている。それを、天ヶ瀬の兄らしき男と母親が押さえつけている。スクリーンの中で天ヶ瀬が暴れている。目の前の現実の天ヶ瀬がシャツの袖《そで》をめくると、小さな火傷《やけど》の跡が見えた。

「このせいで俺がこんな人間になったと思うか？」

天ヶ瀬が少し怒ったように聞いた。

「俺はそうは思わない。同じ経験をしても、きっと、俺とは違う風になる奴《やつ》もいる」

そのとき、部屋をノックする音がした。「誰かいるの？」この家の男子高校生の声だった。すぐドアが開き、部屋の前に声の主が立っていた。

「俺は生まれつきおかしかったんだと思うよ」

天ヶ瀬はポケットからナイフを取り出して男子高校生の首に突きつけた。それから僕の方を振り返った。男子高校生はナイフが見えていないようで、虚《うつろ》な目で茫然《ぼうぜん》と立ち尽くしていた。

「俺が変なだけだよ。だから、自分を変えようがない」

男子高校生は気味悪そうな顔で首を軽く捻ってから、黙ってUターンして戻って行った。

「間中。俺とお前は、決定的に違う人間だよ」

天ヶ瀬はため息をついて再び椅子《いす》に座り直した。

帰れと言われている気がした。

僕はそこを出るとき、最後に改めて、そのマンションの住人たちをまじまじと見ていった。三人とも、陶器のように滑らかな肌をしていて、どこにも暴力の香りがない。そんな家族だった。

4

僕は廊下の床に顔を押しつけられ、野沢たちに全身を踏まれていた。

「気持ち悪いんだよ」

「なんで生きてんの、お前」

行き交う生徒たちは、何も言わずに通り過ぎていく。たくさんの足だけが見えていた。

顔を上げると青木がいた。

目が合った。

次の瞬間、気まずそうに青木は目をそむけていた。

そのとき、僕は内心ホッとしている自分がいることに気付いていた。

関わって欲しくない。

青木が行ったのを確認してから目を閉じた。黒い世界だ。戻ってきた。ここがいつもの場所だ、と思う。

「やめなよ」

目を開けると、青木が野沢の腕を掴んでいた。

「なに、お前」

野沢は笑って青木の肩に手をかけた。「離して」でも野沢は、ニヤニヤ笑いながら青木を見ているだけだった。

「先生呼ぶ」

「呼べよ、早く」

野沢は平手で青木の頬を殴った。

「なんでこんなことするの？」

青木のトーンに驚いて、他の生徒たちが立ち止まる。

「お前らなんか生理的に気持ち悪いんだよ」

始業のチャイムが鳴ったが、野沢は続けた。

「なのに、自分を普通だと思ってるのが不愉快。身の程を知れって」

野沢はサイコパスみたいに笑いながら、廊下の時計を顎《あご》でさした。

「青木さんさ。授業始まってるし。続き、放課後にしよう。テニス部の部室押さえとく。授業終わったら来て」

野沢たちは面倒くさそうに僕たちを解放して、教室に戻って行った。

「青木、行くなよ」

放課後、テニス部の部室に行こうとした青木に渡り廊下で追いついて、僕は言った。

「別に怖くない」

青木にとってこれは非日常なのかもしれないと思った。でも僕にはただの日常だった。

「僕は慣れてる。だから大丈夫」

「慣れないでよ」青木の声は震えていた。

そのとき電話が鳴った。「来た。校門前」天ヶ瀬からの電話だった。

「天ヶ瀬、青木のこと家まで送っていって」

「は？」

青木はスカートのポケットからカッターナイフを取り出して軽く手首に当てた。

「嘘はわかるよ」

青木は空中を見ながら言った。ミキに監視させるつもりらしい。

「いいから青木は帰って」

彼女の手を摑んで外まで連れて行く。天ヶ瀬が私服で校門前に立っていた。

天ヶ瀬に青木を駅まで送るように頼んで、僕は一人、校舎の方に引き返した。

目指すはテニス部の部室。

ドアを開けて中に入る。

後頭部に衝撃が走った。何かで強く殴られ、僕はバランスを失って床に倒れ込んだ。

金属バットを持った男が見えた。

「さっきの女どうした」

室内には野沢を含め計五人の男がいた。

「関係ない」

頭を思い切り蹴飛《けと》ばされて、意識が一瞬ブラックアウトする。

「お前本気で舐《な》めてるよな」

野沢は僕の頭を踏み、笑った。

「とりあえずこいつ脱がせろ」

押さえつけられ、服を剝《は》ぎ取られる。抵抗はしなかった。「何が楽しいんだよ」人前で全裸は、何度させられても惨めだった。

「楽しいに決まってる。イジメが楽しくない奴なんかいないだろ」

「野沢、お前、昔はマジメだっただろ。どうしてこうなった？」

「どうでもいいんだよ」

髪の毛を鷲摑《わしづか》みにされ、揺すられた。

「あの女を犯されたくなかったら、金持ってこい。とりあえず、十万」

「金ない」

「たかが十万。命より安い」

「お前にやる金はないよ」

「あのなお前。こっちは、言いだしたら最後、どんなくだらないことでも言うこと聞くまで詰めるから」

野沢は摑んでいた髪から手を離し、取り巻きの方を振り返った。

「押さえてろ。バット。穴に、そう、そんな感じ」

三人がかりで押さえつけられ、一体何が始まるんだ？　と思っていたら尻《しり》にバットの持ち手側が押し当てられた。

　おいおい。

「やめろって」

「問答無用だよ」

「やめ」

「野沢、これ入らなくねーか？」

「入る入る。ワセリン塗ってある」

　実際、バットは力任せに少しずつ入ってきていた。マジで勘弁して欲しい。自分の体の抵抗が、バットを押し出す力が、少しずつ負けていく。そんな感覚はもう麻痺《まひ》して消えたと思ってたけど、久しぶりに死にたくなった。

　僕の何がダメだったんだろう、と考えた。生まれつき、喋り方が変だった？　仕草が気持ち悪かった？　そうかもしれない。僕も僕が気持ち悪い。

これは生きるに値しない人生だよ。

次の瞬間、ぬるっとバットが身体の中に入った。

どうしようもない吐き気がこみあげてきて、部室の床に吐《と》瀉物《しゃぶつ》をぶちまけた。それでも更にバットは身体に入り込んでくる。目の前が真っ暗になる。吐きそうになって声が何度も漏れた。

そして僕は、また未来を見た。

⏮

野沢たちが校舎の屋上から落下していく。

表情は極端に虚ろで、自分がどうなっているのか理解できていない顔で、落ちていた。

鈍い音が響いた。

誰かの悲鳴があがった。

無残に潰《つぶ》れた身体から赤い鮮血が迸る。

醜く裂けて、野沢たちは、ただの物体になった。

屋上には、虚《むな》しそうな顔の天ヶ瀬がいた。

　意識が戻ると激しい痛み。でも、一瞬前に感じていた異物感はなくなっていた。

「おっ気がついた？　いや、お前良い表情してたよ。最高だったよ、正直。白目剝《む》いて。ピクピク痙攣《けいれん》しちゃって」

　青木が天ヶ瀬に話したんだろうか。だとするとあの未来、いつ起こってもおかしくない。それは今日このあとすぐに起こる未来なのかもしれない。

　だんだん、天ヶ瀬に対してすーっと怒りがこみ上げてきた。

「十万だよな」

「お？」

「払えばいいんだろ」

「ああ。いつ持ってこれる？」

「今すぐ」

「マジか！　話早くて助かるわ」

「服、返してくれないか？」

「お前の服な。悪いけど、お前のゲロ掃除するのに使っちゃって」

「いいよ別に。気にしないから」

「そう？　悪いな」

他にやりようもないので自分の吐瀉物まみれの制服に袖を通した。部室を出ようとすると取り巻きが「こいつ嘘言って逃げる気じゃないのかな」と言いだした。

「それはそれでその方が面白いし。うん。おい。間中。逃げるなら逃げるでもいいぞ。もっともっと酷《ひど》いこと俺考えるから。俺お前のために頑張って思いつくから。お前もくじけるなよ。頑張れ！」

部室から出て、何歩か歩く。肛門《こうもん》が猛烈に痛んだ。服の上から手を当てて確認すると、血が滲《にじ》んでいた。ゲロと血にまみれて、ハタから見たら一体こいつ何なんだって感じだよな、と思いながら学校近くのホームセンターに向かった。

何アレ、と店内の女子高生に呟《つぶや》かれる。自分でも酷い臭《にお》いだとわかるから、他人にとってはずっと耐え難い汚臭だろう。

包丁を手に取り、レジに向かう。

店の外でパッケージから包丁を取り出した。ベルトとズボンの隙間《すきま》に挟み服で隠す。早足で歩いた。僕は今から野沢を殺す。心の中で、自分に言い聞かせる。天ヶ瀬が殺す前に、僕がやる必要がある。

これは僕の問題だ。

天ヶ瀬に殺してもらえたら楽でいいとか思わない。野沢は、僕が殺す相手だ。これは僕の犯すべき殺人だ。本当はもっと前に殺すべきだった。そうしていれば何もかも今より少しはマシだったかもしれない。やり遂げる。

絶対に殺す。

学校まで早足で歩きながら、殺すことをリアルに想像した。まず野沢を刺す。顔面から刺す。抵抗する気力を削《そ》ぐ。次に心臓を何度も刺す。取り巻きも次々に刺す。中途半《はん》端《ぱ》で終わったら失敗だ。しっかり刺して全員殺す。刺して刺して刺して刺して殺す。

部室のドア前に辿《たど》り着き、一つ深呼吸、包丁の柄を握る。力を込めて。目を閉じる。アドレナリンが出ているせいか、手の感覚が麻痺している。大丈夫。殺せる。包丁を構える。自分が殺すイメージを強く信じる。未来を変える。

ドアを開けた。

誰もいない。

血の気が引いた。

何故だろう。急用が出来て帰った？　というのはフェイクで、帰ったと見せかけて隠れて監視していて、僕が帰ろうとすると因縁をつけるつもりか？　と思って周囲を見回すけれど気配はない。

また電話が鳴った。出ると「大丈夫か？」それは天ヶ瀬の声だった。こちらの様子を見ていたような口ぶりだった。何処《どこ》かから見ている気がした。

「上」外に出て見上げると、屋上に天ヶ瀬の姿があった。どうやって入ったんだろう。

「職員室で鍵、盗んだ」

誰か洗脳したのだろう。

「くだらないことに力を使うなよ」

僕が言っても天ヶ瀬は何も返事をしなかった。

「何考えてんのかわかんないよ、お前」僕は力なく言った。

「何も考えてないよ」

彼は本音を言うとき、いつも自分のその本音を小馬鹿《こばか》にするように笑う。

天ヶ瀬が理解不能な存在になり、モンスターになっていくようだった。

僕は屋上に向かって走った。

非常階段を駆け上がり最上段まで上ると、ドアが開いている。鍵は挿しっぱなしだった。そのドアをくぐる。普段は生徒立ち入り禁止のその場所に、彼らはいた。

野沢たちと天ヶ瀬が向かい合っていた。

僕に気づいて振り返った天ヶ瀬の顔は冷めていた。野沢たちは何の反応も見せない。

「また俺の未来見たんだろ」

「偶然見えたんだよ。そいつらの未来の方が。なんでこんなことする?」

天ヶ瀬は何も答えなかった。思わず、舌打ちする。

「殺す必要ないだろ」

「話しても無駄」

「そいつらは僕が殺す」

「俺がやれば証拠残らない」

天ヶ瀬は僕の手の包丁を見て、つまらなそうに言った。

「僕が殺す」

「遺書もある。ほら」

天ヶ瀬の目線の先には、揃《そろ》えられた靴とコピー用紙にペンで走り書きした遺書のようなものが人数分セットになって置かれていた。

僕はそれを拾い上げて読んだ。生きることの虚しさ、人生の不可解さに疲れました。

「俺が考えた。どう？」

天ヶ瀬の背中を僕は本気で蹴った。

倒れた天ヶ瀬の頭を、背後から包丁の柄で殴る。

「っ！」

逆に天ヶ瀬に顎を殴られた。一瞬、戸惑う。その隙に天ヶ瀬は僕を押しのけた。

「間中、喧嘩弱いだろ」

天ヶ瀬は立ち上がり、小馬鹿にしたように鼻をならした。

「天ヶ瀬は強いのかよ」

「お前よりはマシ」

ムカついたので、僕は天ヶ瀬を何度も殴った。でも、天ヶ瀬は今度は殴り返してこなかった。それで、僕の方も虚しくなってやめた。

「なんで殺す殺さないの二択になるんだ」

僕は、自分がさっきまで包丁を振り回していたことを棚に上げて言った。

「だって、殺した方が綺麗《きれい》だろ」

「は？」

理解が出来なくて、思考が固まる。

「お前のその考え方、おかしい」

「放っといたら、こいつらまた同じこと繰り返すだろ。やらなきゃ、やられる。殺すしかない」

「他に何か……あるだろ」

「何かって、何だよ」

天ヶ瀬はため息をついて、僕から包丁を奪い取り、自分の首筋を軽く切った。

「いいから間中は黙って見てろよ」

次の瞬間、体の自由が利《き》かなくなる。

ついに天ヶ瀬は僕に対して力を使うことにしたらしい。

おい、やめろ。

そう叫びたいのに、口を開くことも出来ない。その場にへたり込んだ。僕は無力だった。

「ごめんな、間中」

天ヶ瀬はそう言って、やっぱり、寂しそうに笑った。

「天ヶ瀬は人を殺してもいいと思ってるのか？」

「俺だけは殺してもいい」

僕はなるべくリアルなことを言おうと思った。でもそれが自分の中になかった。僕自身も、人を殺して良いと思っている。きっと僕は間違っているんだろう。それでも、心の中で思うことは止められない。

「俺は生まれてくるべきじゃなかった」

天ヶ瀬の顔がくしゃっと歪《ゆが》んだ。

僕は、磔《はりつけ》にされたように動けない。

彼が人を殺すところを僕は見たくなかった。

僕が未来を変えようとすればするほど、何か自分の意思や考えで動くほど、未来はどんどんロクでもないものに変化していく。

「みんな、死んでくれ」

次の瞬間、野沢たちが屋上のへりに向かって歩いていく。

やめてくれ。

僕の唇は情けなく、パクパクと動くばかりだった。

そして野沢たちは、順に屋上から空に向かって歩いていき、アスファルトに向かって落ちていった。

人が潰れる音が響く。

悲鳴が上がる。

僕は無感情に地面を見下ろした。

潰れて赤くベチャベチャになった野沢たちの死体のそばに、青木がいた。

青木は変な顔で笑っていた。それは人間をやめたような振り切れた笑顔だった。

「もっと早く、やりたいようにやればよかったのに！」

僕たちの方に向かって、青木の姿をした何かがそう叫んだ。

第三章

The third chapter

1

天ヶ瀬が野沢たちを殺してから、学校は臨時休みになった。生徒が自殺した。遺書はある。原因はわからない。

その場にいたのは僕だけ。

「何があった？」

疲れた顔の教師が僕に聞いた。生徒指導部は無駄に静かだった。六人の教師が僕をじっと見ていた。その場の教師たちが皆、僕の発言を待っていた。

どう言うか迷った。何を話すか、事前に考えてはいた。それでも、口を開くには気力が必要だった。

「僕が殺したわけじゃないです」

「当然だ」その口ぶりは当然と思っていない調子で、僕は苦笑しかけた。彼は、僕が殺したと疑っていて、言い出せないでいる。

「僕は不気味ですか？」

「だけどお前、野沢たちから、嫌がらせ……されてたろ」

彼はイジメという言葉は使いたくないようだった。

「イジメなどの事実はなかったでしょう」

「お前は野沢から殴られてただろ」

「よくわかりません。何が言いたいんですか？」

そう言うと、教師は黙って僕を睨《にら》んだ。教師は僕を「いつでも丸め込むことが出来る相手」と思っていただろう。でも今は、違うと気づいている。

野沢たちの死の真相は僕が何も言わなければ絶対にバレない。

「イジメの復讐《ふくしゅう》で、僕が彼らを殺したんですか？」

僕は相手が言って欲しくないことを言った。それで空気が張り詰めた。

「もしそうなら、正直に話してくれないか。先生は、お前の味方だから」

「信じられないです」

「本当にお前がやったのか」

目の前の彼は動揺していた。汗が滲《にじ》んでいる。室内の照明は妙に暗くて、薄い影が顔にも机にも床にも、至る所にさしていた。

「出来ません。僕は人を殺せない」だから困ってるのだ。ずっと。

僕は終始虚《むな》しい気分だった。

学校が休みの期間、僕は、生徒指導部で取り調べの真似《まね》事《ごと》に付き合わされ、午後は本物の警察に事情を聞かれた。毎日、無駄に忙しくて疲れた。

結局、野沢たちの死は自殺で処理された。

学校が再開されると、時間の流れは概《おおむ》ね原状回復された。ただ、誰も僕に話しかけなくなった。気持ち悪いんだろう。でもそれで良かった。どうでもいい誰かと言葉や感情のやり取りをするより、孤独の方がずっといい。

「どうするんだろ。天ヶ瀬」

学校の帰り、青木と駅のホームで並んでいるときにふと言ったら、「自分の心配したら？」と返された。

「進路希望調査票あったでしょ」

その日たしかにホームルームで配られていた。

「将来何になるの、間中」

「パティシエ」

「それ、向こうのケーキ屋が目に入ったから言ったでしょう」

「ケーキ好きだから」

「私ハンバーグが好き」と聞いてないのに青木は言った。

「そういう青木は何になりたいの？」

「シルクドソレイユで踊る人」

帰りの電車内は普段より混んでなくて、いつもなら座れないのに、二人分席が空いていた。青木と座ると窮屈で、互いの腕がかすかに当たる。

「最近僕たち、毎日二人で帰ってる」

「恋人感あるね」

「誕生日に花束でも贈るか？　いつか知らないけど」

「バカじゃん。私、誕生日祝われたくない」

あのさ、が被《かぶ》る。先に言えば、と青木が促した。それで僕から話した。

「青木は世界って終わると思う？」

「そのうちいつかは終わるよ」

「僕たちが生きてるうちには？」

「わかんない。間中は、世界が終わったらどうする？」

「何もしようがない。自分も消えてなくなるだけ」

「死んだら幽霊になって」世界が終わったら幽霊はどうなるんだろうと想像した。世界終了後も意識だけが世界にとどまり続ける。真っ暗な世界、誰もいない、何も出来ないのに意識だけがある。

「幽霊ってさ。今まで死んだ人間全員いるの？」ふと気になって聞いた。

「全員現代的だね。武士とかいない。死んだお母さんもいない。幽霊、寿命あるみたい」

「ミキもそのうち消えるかな」どこにいるのか知らないけど空中を見ながら言う。

「その言い方、冷たすぎる」

青木は怒って僕を睨んだ。

「私の感覚なんだけど。ミキちゃん、薄くなってきてる。さっきの『あのさ』はこの話」

「薄く？」

「幽霊にも濃淡があって」

「そろそろ消えるのかな」

「わかんないけど。間中、もう少し真面目に話した方がいいよ」

そのとき、電車が青木の降りる駅に着いた。

「ね。うち来る？」と青木に言われ、僕は何も考えずに電車を降りた。

部屋についてすぐ、カーテンを閉めた。

ベッドに二人で寝転ぶ。それから僕は青木の首に手を置いた。力を込める。跡が残るくらいの強さで。何度も。青木が軽く白目を剥いて気絶するまで、僕は首を締め続けた。

そして、何かが青木に憑依《ひょうい》したのがわかった。

「天ヶ瀬はどうしてる？」

ミキに頼る以外に、他に彼の行方を知る方法が思いつかなかった。

かくん、と首が折れたように前に曲がった。心配になって思わず顔に触れると、力なく垂れ下がっていた首が、急にすごい勢いで持ち上がった。瞳孔《どうこう》が開ききっていた。

「世界の終わり」

目の前の相手はミキでも青木でもない。直感的にそう理解する。星の幽霊だ。

「キミもほんとうは、世界中の人間全員殺したいでしょ」

そう言って星はクスクスと笑った。

「そんなこと考えてない」

「人間なんかやめればいいのに」

目の前のそいつは、薄《うっす》らと笑みを顔に浮かべ続けていた。

僕は目をそらして顔を背けた。

「なんでお前がここにいるんだよ」

「死んでるからね。いつもキミたちを監視してる。だから、キミがどうするか、何を考えてるかにはいつも関心を抱いている」

「僕はお前と話したいわけじゃない」

僕は嫌な気持ちになって後ずさった。目の前の存在とずっと話していると、いずれ頭がおかしくなってしまうんじゃないかという懸念《けねん》があった。

「どうしてお前は僕たちのことをかき乱すんだ？」

「キミたちが、自分の気持ちに嘘《うそ》ばかりついて、誤魔化して、惰性で生きてるのが気持ち悪くて。もし、本当に何かやりたいことがあれば、それをやればいいだけなのに」

「そんなに簡単にいかないよ」

「どうして？」

星は心の底から不思議そうに僕に言った。

「どうしてキミはいつもそうやって自分の気持ちに嘘をつく？」

「僕は本当は、天ヶ瀬のやったことは正しいと思ってるよ」

僕はため息をついてベッド脇《わき》の壁にもたれ、全身の力を抜いた。妙に体が重くて、そのせいで憂鬱《ゆううつ》さが増していた。

「嫌いな奴《やつ》は殺せばいい。何も間違ってない」

「だったらキミはどうして彼の邪魔をするんだ？」

「邪魔？」

「だってそうだろ？　キミはいつも肝心なときに彼の邪魔をする」

「僕だって別に、邪魔したいわけじゃない。本当は天ヶ瀬みたいになりたいよ。そして気に入らない人間を殺したいよ」

「だったらそうすればいいじゃないか」

「だけど、そんなことしても無意味で虚しいってことだって僕はわかってる」

「自分だけが賢いって言いたいのか？」

「違う。天ヶ瀬は、ああすることでしか生きてる実感を得られない。僕はただ消えたいだけ」

　それが僕の本心だった。別に誰とも関わらなくていい。誰の存在も傷つけず、世の中を終わらせず、ただ単に自分一人が消えて終わっていければそれでいいと思っていた。

「だったら、現実じゃなくて、こっちの世界に来ればいいじゃないか」と目の前のそいつは言った。

「嫌な奴もいない。楽しい世界。日々、キミは祝福されている。キミがやってくるのを、みんな待っている」

「みんな？」

　誰があの世界で僕を待っているっていうんだろう。そんな風に僕を待っている人間がいるとは僕には思えなかった。いくら想像しても、具体的な誰かの存在を頭の中で思い描くことは不可能だった。

「どうして僕にいつも死ねって言うんだよ」

「現実を生きるのが辛《つら》そうだからだよ」

僕はそんなに現実を生きるのが辛そうに見えるんだろうか。そうかもしれない。「それは余計なお世話だよ」

僕はうんざりしながら彼に対して言い返した。でも、そんな僕の言葉にも声にも力がないことは僕自身が一番よくわかっていた。

「キミはキミの問題として自己完結して死ねばいいんじゃないかな」と言って星は青木のナイフを僕に手渡した。青木がいつも持っているカッターとは違って、家にあったナイフで、少し刺すだけで大量の血が出て止まらなくなりそうな刃物だった。

「部屋が汚れる」と僕は冷静に言った。後先を考える程度の余裕はまだ自分の中に存在しているようだった。自分が死ぬからといって、残される人の迷惑を全く考えなくていいというわけではない。

「殺す方がいいのか、殺さない方がいいのか」

「どういうこと？」

「殺すのを手伝ってやろうかって言ってるんだよ」

そう言って、その青木の姿をした何かは僕にのしかかった。僕は体に力が入らなくて、ただされるがままになっていた。

「別にそんなこと頼んでないよ」

と僕が言っても、そいつの手は止まらなかった。星は僕の首に手をかけた。

手首を切るよりはいいかもしれない、と思う。そう思う自分はもう色々な感覚が麻痺《まひ》しているのかもしれない。

首が絞まっていき、息をするのが苦しくなって、徐々に意識が遠のいていくのが、気持ちいいと言えば気持ちよくて、人は死ぬときに異常な快楽に包まれるというのは本当なのだな、とどうでもいいことを思った。その快楽の中で、あちら側の世界のビジョンがちらついた。視界が点滅していた。一瞬あっちに飛んでまた現実に戻ってくる。気持ちが良かった。このままずっと死にかけの時間を過ごすことが出来たらいいのにと思った。

「何やってんの、セーリ」

急に首にかかっていた手の力が緩んだ。やめないでくれ、と思ったけど、もう遅かった。意識が急に現実に引き戻された。今度は青木にミキが憑依しているようだった。

「どうして死のうとするの」ミキは困ったように僕に言った。

妹にこんなところを見られて、僕は恥ずかしくて、それ以上何も言えなくなった。

2

朝早く、天ヶ瀬からの電話で起こされた。

「暇」

時間を見ると朝の六時。眠すぎて憂鬱な気分になった。

「……今日、予定あるから無理」

「学校？　サボれよ」

「違うよ」

結局、繁華街近くのターミナル駅で待ち合わせた。

駅前は寒かった。いつの間にか一一月。吐く息もうっすら白くなる、冬の初めだった。

天ヶ瀬は下手過ぎる口笛を吹いていて、なんかダルいなと内心思った。

「迷走してんなお前」僕の発言を意に介することなく天ヶ瀬は口笛を続けた。

「前から気になってたけど、その曲は何？」

「知らないか？　Creepって曲」

屋上への非常階段で聞いた校内放送を思い出した。あのとき、僕はそれで天ヶ瀬のことを連想したのかもしれない。

「いやいや。わかるか。ふざけんな」

「有名な曲」

「知名度じゃない。再現度の問題」

　コンビニでコーヒーを買って、そのままだらだら喋《しゃべ》った。くだらない話をしたあと

「で、何の用」と促すと、天ヶ瀬は僕に真《ま》っ直《す》ぐ向き直った。

「俺、青木が好き」固まってしまう。言葉の意味が、中々頭に入ってこなくて、何度も心の中で反芻《はんすう》した。

「お前は？」考えて、どうだろう、となって、なるべく本音を言おうとして思わず「ネアンデルタール人くらい」と言ってしまう。今度は天ヶ瀬が混乱し始めたので、意味を説明すると、

「俺は普通に、人類」と彼は無表情に言った。そんなことを真面目《まじめ》に言って、どうするつもりなんだろう。

「付き合えば？」試しに言ってみた。

「俺は資格ないだろ」

　今度はそんな気味の悪いことを口にした。

　それから天ヶ瀬は何か一人で考え込みだし、会話も途切れ、僕はすっかり冷めていた自分のコーヒーを飲み干してゴミ箱に捨てた。天ヶ瀬は再び異常に酷《ひど》い口笛を吹き始め

た。目の前をベビーカーを押した女性が通りがかった。「天ヶ瀬、子供好き？」「無理」天ヶ瀬はタバコを吸い始めた。ラッキーストライク。「それ最近？」「たまに」煙が目に入って痛い。「俺、人間が生まれてくることが嫌い」携帯を見ると、出かける予定の時間を少し過ぎていた。

「そろそろ行くよ」

「学校？」

「違う。用事あるしサボるだけ」

「俺もついてく」と寂しそうな顔で言われて、断れなくて困った。なんだろう。心、病んでるのか？　気は進まなかったが、結局連れて行くことになった。

今回で七回目となる公判は被告人質問を中心に行われた。

雪割忠司《ゆきわりただし》、三十六歳。中学教師。ミキのクラスの担任で、妻と子供の三人暮らしだった。

彼は三十代の男には見えなかった。童顔で顔に皺《しわ》はない。のっぺりした顔をしていた。大学生くらいに見える。それが気持ち悪かった。

「事件当日の朝の様子について教えて下さい」

三月一七日土曜日、事件当日の朝、午前五時頃、雪割忠司は目が覚めるなり、何もかもが嫌になった。自分を取り巻くすべての物事の何もかもが嫌になった。

「それ以前に、具体的に問題となるようなことがあったのではないですか」

「いや…………。なんとなくです、なんとなくそう思いました」

「事件の少し前から、あなたは外国為替証拠金取引をしていましたね」

「はい。知人に勧められて始めたのですが、失敗でした。きっと才能がなかったんです。結局、それで貯金は殆《ほとん》ど消えてしまいました」

「どうして投資をしようと思い立ったのですか」

「僕は異常者です。そう思って何度も病院に通ったが、きちんと診断をしてもらえませんでした。事件後の精神鑑定の結果も至って正常とのことでしたが、自分には何かしら異常があるという感覚は、子供のときから常にあったのです。教師という職も望んで得たものではありませんでした。大学は私大の文学部の哲学科であり、親に強制されて保険のために教職課程をとりましたが、結局学歴差別のせいもあり一般企業に就職できなかった」

「自分が就職できなかったのは学歴のせいだという考えですか」

「それも一つの要因としてあると思います。周囲の同級生も企業に就職する人間の方が珍しいという状況ではありました。ただ、一番の原因は、自分に何か大きな欠落があったことだと考えています」

「大きな欠落とは？　具体的にどういうことですか」

「うまく言葉では言い表せないのですがとにかく向いてないんです、教師という仕事に。生徒には尊敬されず、残業も無駄に多い。やりたくもない部活の顧問まで自分から手を挙げる格好でやる羽目になった。勤めだしてから、ああ、自分は失敗した、職業選択を間違えてしまった、という思いに日々かられるようになりました。なので、貯金を元手に何かしらの投資をして、不労所得で生活をしたいと考えるようになりました。そう考えることと自体が僕にとって、何かしらの救いみたいなものだった気がします」

「投資が失敗したということと、事件当日の行動の間に因果関係があると思いますか」

「わかりません。多分ないです」

雪割は、朝起きてまず妻を、次に子供を、包丁で刺殺した。

シャワーを浴び、着替えて家を出た。徒歩で近所の喫茶店に向かい、朝食を食べたあと、また家に引き返してから車で三十分かけて自分の実家に出かけた。両親を刺殺しようとしていた。だが、二人は旅行に出かけていて不在だったので、殺すことを諦《あきら》めた。これまでに二人を殺していた雪割は、両親が不在だったことで、このままでは殺し足りていないのではないか、と焦《あせ》った。

通常、三人以上を殺した場合、死刑になる確率が非常に高い。二人では無期懲役かもしれない。万一死刑にならなかったらどうしよう、という恐怖にとらわれた。

殺し足りていない、と思った。

「先程の大きな欠落、というのは、調書にある、あなたが生徒であった被害者に対し強い性的欲望を抱いていた、ということと関係がありますか」

「そうですね。いや、正確にはその欠落の一つの表徴なのだと思います」

次に雪割が向かったのは、自分が担任するクラスの生徒、間中未希《みき》の家だった。住所は以前にクラス名簿で確認し、携帯電話に記録していたという。

「被害者の少女に強い執着を抱くようになったのは、いつの頃からでしたか」

「彼女が在籍するクラスを担当することになって、四月の、一番最初のホームルームのときでした。彼女の目を見た瞬間、ああ、この人が僕の運命の人だったのだな、と思った。自分はこの人に会うために生まれてきたと。それからずっと、なんとか会話する糸口をつかもうとして、何かと理由をつけ、用事を頼んだりしながら親交を深めました。彼女は、こんな僕に対しても分け隔てなく、とても優しく接してくれた。それは僕にとってはまるで奇跡のように感じられた」

「どうして被害者の少女を殺そうと思ったのですか」

「僕はあの子といるときだけ息ができるクジラだったんです」

「質問に具体的に答えて下さい」

「毎日、息をするのがどうしょうもなく苦しかった。心が、沈んでいて、吸う酸素のない水中に潜り続けているような気分だった。ただ、あの子と話をしているときだけ、そのときだけ、生きているということを実感できた」

「何故《なぜ》、少女を殺したのですか」

「どうせ自分は死ぬのだから、最後に殺そうと思いました」

「それは何故ですか」

「僕は今までの人生でまともに女性とつき合ったことがないからです」

「あなたは結婚し、子供をもうけ、家庭を営んでいたのではないのですか」

「僕が自分の人生で初めて異性と関係を持ったのは、二十八歳のときで、相手は年上の風俗嬢でした。世間一般の感覚から言って、だいぶ遅いと思います。それが理由だと思います」

「もう少し詳しく、論理的に説明して頂けませんか」

「僕だって本当は若いときに恋愛がしたかった。好きな人と放課後に手をつないで帰ったり土日に遊園地行ったりしたかった。青春が終わって成人してから、自分の収入や社会的地位込みで冴《さ》えない女と愛のない生活を送るなんてことじゃなくて、もっと素直に純粋にピュアにまっすぐに繋《つな》がりたかった。自分の収入や職業自体に嫌気が差しているのに、そこしか見てない女を好きになれるわけない。結局、一番異性とつき合いたい十代のときに拒絶されてしまうと、もう取り返しがつかないんです」

「先程、あなたは、ふと犯行を思いついたとおっしゃいました。衝動的な犯行だったのでしょうか？」

「衝動的に計画的犯行を実行に移したというだけのことです。本当は事件の前日の金曜日にそれを実行するつもりだった。でも、運悪く彼女はその日学校を休んでしまったんです。そうこうする内に事件を起こしてしまった。自分の家族を殺してしまった。だから、最後のチャンスでした」

　家庭訪問という口実を使い、雪割は家の中にあがりこんだ。

「丁度両親は出かけていて、家には他に彼女の兄しかいないと聞きました」

渡すべきプリントを車に置いてきてしまったと嘘をつき家の外に連れだした。無理やり車に押し込み、数日前に購入していたロープやガムテープで身体《からだ》を縛ろうとしたが、激しく抵抗されたので車内で首を絞めた。勢い余って殺してしまった。死体は路上に捨てて逃げた。

　そのとき僕は自分の部屋で寝ていて何も知らなかった。

　土日だから、学校に行きさえしなければ問題は起こらないだろうと油断していた。家に来るなんて思いもしなかった。

　雪割は車で自分の家に戻った後、歩いて出かけ、ビジネスホテルに宿泊した。

「翌三月一八日、あなたは被害者の少女の通夜《つや》に訪れました。何故行ったのですか？」

通夜の会場で、焼香をしようと弔問客の列に並んでいた彼を見かけた。彼が来ることを僕は知っていた。その時点では雪割が殺した家族の死体は誰にも発見されていなかった。誰も雪割を不審に思っていなかった。

「あの子が死んだことが悲しかった。僕が殺したからといって、彼女の死を悼《いた》んではいけないという理由はないと思いました」

　事件がすべて明るみに出たのはその翌日のことだった。雪割はミキの殺害についても自供した。

「事件について、反省する気持ちはありますか。被害者の遺族に対して、何か言いたいことはありませんか」

　雪割は僕と全く目を合わせなかった。この世に自分しか存在していないような調子で、雪割は独白を続けた。

「僕のような人間は生まれてくるべきではなかった。『なぜ、わたしは母の胎にいるうちに死んでしまわなかったのか。せめて、生まれてすぐに息絶えなかったのか』これは旧約聖書のヨブ記に書かれている言葉ですが、これが僕の人生のすべてだと思います。それが嘘偽りない僕の気持ちです。この期《ご》に及んで自分に嘘はつきたくない」

　僕は雪割が怖くなった。

「ふざけんな」天ヶ瀬は椅子《いす》から立ち上がった。裁判官や検事、弁護士、傍聴人が皆一斉に天ヶ瀬を見る。

「法廷では静粛にしなさい。そこの傍聴人は今すぐ退廷して下さい」

警備員が駆け寄って来た。天ヶ瀬はポケットからスタンガンを取り出し、自分の頭に近づけた。スイッチを入れようとした天ヶ瀬の手を僕は摑《つか》んだ。

「やめてくれ。誰も望んでない」

そのとき、雪割が初めてこちらを振り返った。何も言わずに、彼は僕をじっと見ていた。僕の顔を覚えているか怪しい、忘れているのかもしれない。気持ち悪いな、と思ったそのとき、僕はさっき自分が彼を怖いと思った理由にようやく気づいた。それは多分、僕が彼に似ているからだ。

3

僕は自分の部屋で自殺未遂をしようとしていた。

近頃、未来を見ようとしても、自由に見れない。

身体感覚が首吊《くびつ》りに慣れたせいかもしれない。今までと同じやり方では効果がなかった。だから近頃、自殺未遂はエスカレートしていた。別にそれはいいんだけど、昔ほどカジュアルに未来を見れないのは問題だった。

今日は新しいやり方、リストカットを試すことにした。

同じ方法で自殺未遂を繰り返していては、慣れて刺激がなくなって、本当に死にそうな感じがなくなる。未体験の方法がよかった。

カッターナイフを、アルコールを含んだティッシュで拭《ぬぐ》い、刃先を手首に当てる。力を込める。血がにじむ。もっと、と思う。深く、強く、傷をつけないと意味がない。

机の上が血だらけになった。後で片付けるのが大変かもしれない。

感覚が薄れてきた。もっと意識を飛ばしたくて、薄れていく視界の中で、僕は刃先に力を込めた。

⏮

深夜の商店街のアーケード。見覚えがある。駅前の繁華街だ。光がなかった。シャッターが下りていて誰もいない。世界が全部終わって、廃墟《はいきょ》になったあとみたいにも見える。

その場所で天ヶ瀬が僕を殺していた。

会話はない。

僕は意識を失っているようにも見える。目を閉じて、微動だにしない。もしかしたら既に死んでいるのかもしれないけど、天ヶ瀬は構わず僕を殺し続けていた。馬乗りになり、割れた大きなガラスの破片を僕の首に突き刺していた。

止める人間は誰もいない。近くに数人倒れていた。そいつらも動かない。天ヶ瀬が殺したのかもしれない。僕が殺されるのを止める人間はどこにもいなかった。

天ヶ瀬が何を思ってるのか気になった。

彼はしんどそうな顔だった。なんでそんな顔するんだよ、と思った。

◀

すぐに現実に戻った。

その未来を見て、ショックだったけど、同時に、不思議にホッとしている自分がいた。

あれはいつの未来だろう。知る前に終わってしまった。わからない。困った。

今日か？

いつにせよ、天ヶ瀬は僕を殺すつもりだ。

僕はどうすればいいんだろう。

天ヶ瀬から逃げ続けてもいいハズだ。二度と会わないと決めて、そうすればいい。

そんな未来を僕は選べるんだろうか。

携帯で天ヶ瀬の番号にかけた。繋がらない。天ヶ瀬が今どこにいるのか気になった。

ノートパソコンを開いて、未来で見た景色をGoogleマップで探した。場所の見当はついていた。天ヶ瀬から電話が折り返しかかってきた。

「今から会えないか？」と僕が言うと「俺も暇」と天ヶ瀬は答えた。

待ち合わせは未来で見た場所だった。

面倒臭いと思いながら、着替えて外に出た。


自転車で夜の街を走った。待ち合わせ場所の交差点まですぐだ。

僕は天ヶ瀬に会って何を話したいんだろう。

あの未来はいつ起きるんだろう。天ヶ瀬は僕を今日殺すんだろうか。それとも、別の日なんだろうか。

待ち合わせた交差点に天ヶ瀬はいなかった。僕は天ヶ瀬の姿を探した。

探しながら、もしかして自分は、彼に殺されたいのかもしれない、と考えた。

結局、天ヶ瀬を見つけたのは、駅前の大きな交差点の前だった。終電の前、人通りが多いその場所で、天ヶ瀬が警官と揉《も》めているのを僕は見つけた。

「何やってんの」僕は駆け寄りながら声をかけた。

「別に」天ヶ瀬は薄笑いを浮かべていた。慌《あわ》てる様子が一ミリもない。

「あなた、お友達？」

警官が、やけに丁寧な口調で僕に言った。

「そうですけど」

「別に何もやってない」天ヶ瀬の声はイライラしていた。

「それはわかったけど」

「俺、こいつと用ある。行っていい？」

「ちょっと待って」

強い力で警官が天ヶ瀬の腕を摑んだ。

「所持品、見せて」

「は？　なんで」

警官は何も答えなかった。

「無理」

天ヶ瀬は警官の腕を振りほどいて、急に歩き始めた。不思議に思いながら後を追う。

確かに警官はなんとなく嫌な感じだけど、そんなリアクションもないだろうと思った。

彼は妙に早足だった。

何か隠していることがある。嫌な予感がして心配になった。

「こっちもついていくからね」

警官は無線で人を呼んでいた。マズいな、と思う。

「お前みたいな奴の相手するこっちの身にもなれよ」ボソッと警官が呟《つぶや》いた。

天ヶ瀬は力を使おうとしなかった。僕や青木が力を使うことが難しくなってきているのと同じで、天ヶ瀬もより死に近づかない限り力を使うことができないようになってきているのかもしれない。

「急ぐんで俺たち」

天ヶ瀬が早歩きで横断歩道を渡り、僕も後を追う。

「待ちなさい。話を聞かせて」

僕は小走りになりながら、天ヶ瀬に向かって声をかけた。

「キレるなよな」

「間中。お前いい奴だよ」

天ヶ瀬はボソッと、笑いながら僕の顔を見てそう言った。

「なんだよ、急に」

不意にそんなことを言われて、戸惑う。

彼の表情、その仕草、破滅したくてしょうがない感じがした。

「走れるか？」早歩きで足を動かしながら天ヶ瀬が言った。

「バカにすんな」天ヶ瀬についていけるか自信がなかった。でも、そんなことは言いたくない。「信号赤が合図」目の前で青色から黄色に変わる。歩調を緩め、止まろうとする仕草。一瞬振り返ると、警官がホッとしたような顔をした。赤に変わった。瞬間、走り出す。背後を車がかすめていく。

「待て」

警官の声が聞こえなくなるまで走った。視界の端で、ネオンも車もビルの窓ガラスの明かりも、夜の空に、光の線になって滲《にじ》んで消えていく。この世なんて別にたいしたものじゃないのに、ほんの一瞬、美しく見えるのが不愉快だ。圧倒的な無敵感はいつも急にやってきて、すぐに消えていく。

息が切れてきた。天ヶ瀬の方が全然走るのが早い。情けなくなるけど、置いて行かれないように必死で走った。待てよとか置いていくなよなんて言えなくて、走り続ける。やがて河川敷に僕たちはたどり着いた。追ってくる警官は見えない。安心は出来ないけど。でも、まだこんなところで僕たちは終わらないだろう。無根拠にそう思う。なにせ僕には未来が見えてるし、天ヶ瀬はまだまだ暴れ足りない。

「で、お前。なんだよ」

僕は天ヶ瀬に聞く。でも、彼は全然答えない。ニヤニヤしてるばかりで、それはおかしいだろうお前、と言いたくなる。

「言えよ何か」

でも天ヶ瀬の笑う顔は徐々に歪《ゆが》んでいって、ポケットに突っ込んだ手を外に出した拍子に、熟れた花が種子を落とすみたいに、ボトボトと何かが溢《あふ》れ落ちた。

「これは何」拾い上げて見る。

「ハイになれる」

小分けのビニール袋に包まれている。くだらない。

「死ねる気がする」

知識がないから僕には致死量がわからない。もう片方のポケットは、もっとずっと異様に膨らんでいた。

「そっちは？」僕が聞くと、天ヶ瀬は困ったように笑った。

「見せろよ」

手で彼のポケットを外から触ると、感触に違和感を覚える。

取り出すとそれは拳銃《けんじゅう》だった。無茶苦茶だ。ついていけない。

「どうすんのこれ」

自分で持ってみると、現実感がなさすぎで、エアガンじゃないかって気がしてくる。

これが本物のわけない、と思う。でも手の中のそれはずっしりと重くて、憂鬱な現実感があった。

「朝。警官から」

「なんでそんなことに力使うんだよ」

「わかるだろ」はにかんだように笑って、彼は拳銃を取り、手のひらで回した。

「これで、いつでも殺せる」

天ヶ瀬は拳銃を構えて僕を覗《のぞ》き込んだ。銃口がこちらに向いている。

「やめろよ」

これから天ヶ瀬に殺されるんだろうか。銃口の黒い穴をじっと見る。でも、その瞬間はやってこない。やがて笑い声が漏れた。天ヶ瀬につられて、僕も笑ってしまった。

「何がおかしいんだよ」

「誰でも殺せる」

勿論《もちろん》彼の言うとおりだった。彼は殺したいときに、殺したい人間を殺すことが出来る。僕に出来ることは何もない。

「誰を殺したい？」

僕は楽しくなってきて、天ヶ瀬に聞いた。

「本当に殺したいのは誰？」

天ヶ瀬は急に醒《さ》めたような顔になって、だらんと腕の力を抜き、拳銃を下ろした。

「わからない」

天ヶ瀬はソナチネみたいに銃口を自分の頭に向けた。

「僕を殺せよ」

僕は、心配するなよ、って意味で天ヶ瀬の肩を叩《たた》いた。

「ずっと死ぬきっかけが欲しかったんだ」それは僕の本心だった。ただ単純に、それだけが欲しかったんだ。

「天ヶ瀬は僕を殺したらいい」

「そっか」

天ヶ瀬は空っぽの目で僕を見ていた。そんな目で見られていると、より一層死にたくなった。

「間中は殺して欲しいんだ」

納得した、という風に天ヶ瀬は言った。風が新幹線みたいに吹いてきて、僕たちの前髪や服の裾《すそ》を乱暴に揺らし、まともに息を出来なくした。

「それ、しまえば」僕がそう言うと、天ヶ瀬はつまらなそうに拳銃をポケットに戻した。

「撃ったことあるの」

「まだない」

でも、そんなのチェーホフの銃で、手元にあったら撃ちたくなるよ。

こんなにもあり得ないことばかりなのに、天ヶ瀬と一緒にいる方が、学校生活よりずっとリアルで現実って気がした。それが僕の本当の世界で、日常の方が、食品添加物でコーティングされたスナックみたいにフィクションじみて見えた。

「ありがとう」天ヶ瀬は脈絡もなく突然僕にそう言った。

それからしばらく、二人で川を見ていた。

寒くなってきたから帰った。

4

ある朝、自分の部屋でふっと気づいた。

視界がぼやけたままでピントが合わない。

目がかすんでいて、元に戻らない。疲れや起き抜けのせいではない。

思い当たるのは、未来を見る力の使いすぎだった。青木も天ヶ瀬も、力の使いすぎで様子がおかしくなっている。

これ以上能力を使えば、失明するかもしれない。

それでいい気がした。

目が見えるということが僕をこの世に繋ぎ止めている。

もしも目が見えなくなるのならば、死んでしまえばいい。

そして僕はそれにどんどん近づいてきている。

僕は能力を使うことをやめない。

そして青木もやめない。

ふと思う。

生きるということは本質的に自傷行為のようなものなのかもしれない。人間は生きているだけで傷つき損なわれていく、そして死に着実に近づいていく。それは自傷行為と何が違うのだろう？　人は生きるという行為を通して自分を少しずつ傷つけ損ない、死に近づけていく。


青木の部屋で彼女と二人のとき……帰り際《ぎわ》に天ヶ瀬から分けてもらったクスリを使った。簡単に死に近づけるかと思ったけどそうでもなかった。中途半端《はんぱ》に使えば、気分が悪くなるだけで終わった。まだ足りないという飢餓感だけが募った。それでももっと量を増やす。

混濁した意識の中で僕は未来を見続けていた。天ヶ瀬の言うように、これは死に近づいていく簡単な方法かもしれない。

怖くなって青木の手を掴んだ。プールで溺《おぼ》れかけていてへりを掴む感覚だった。彼女の手の感触だけ、現実だった。でもそれはすぐに消えて、僕の意識は未来に飛んだ。

何度も立て続けに、天ヶ瀬が人を殺している未来を見た。

天ヶ瀬のタガが外れていく。天ヶ瀬が誰かを刺している。それでも、彼は飽き足らないみたいだ。満たされない何かが彼の中にあった。世界に対する憎しみ、絶望、きっとそうすることでしか彼は生きている意味を実感出来ないのだという気がした。

未来の中で僕はいつも天ヶ瀬に話しかけたくなった。

「どうして？」と聞きたかった。

理由は、ないのかもしれない。

それとも、どうしてこんなに酷いことばかりなんだ、と彼の方が世界に対して聞きたいのかもしれない。

「見て」青木の声で現実に引き戻された。体を起こす。暗い部屋の中でスマホの画面だけが光っていた。

天ヶ瀬からのメッセージだった。

〉今までありがとう。さよなら

青木と二人で顔を見合わせた。

なんだよそれ、と思った。

不安しかなかった。そんな未来を僕は知らなかった。未来が変わってきている。僕が未来をねじ曲げているせいなのか。

青木が僕の顔を見ていた。僕は青木の手を自分の首に持って行った。「殺すくらい強く絞めて」彼女は一瞬ためらうが、新しい刺激が必要だった。じっと目を見る。やがて青木がためらいながら指に力を込めた。僕は委《ゆだ》ねるように目を閉じた。息ができなくなる。

そしてまた僕は少しずつ死んでいった。

⏮

白いマンションが見えた。静かな夜だ。

建物の前に、金属バットを持った天ヶ瀬がいた。

エントランスはオートロックで、分厚いガラスの自動ドアがついていた。

天ヶ瀬はそれをバットで叩き割った。

警報が大音量で鳴る。

次に割れたガラス片を拾い上げて、天ヶ瀬は自分の首筋を切った。勢いよく血が噴き出す。血だらけで彼はマンションの中に入っていく。

警報音が鳴り続けている。

廊下の一番奥の部屋。

天ヶ瀬が手をかけた瞬間、ドアは部屋の内側から開いた。

中から包丁と腕がぬっと出てきた。

「入れ」

どすの利《き》いた低い声。

包丁は天ヶ瀬の方にまっすぐ向いていた。

天ヶ瀬はたじろぐ様子もなく金属バットを床に捨て、向けられた包丁と一緒に部屋に入った。包丁の持ち主はあのビデオで見た天ヶ瀬の父親だった。

室内には、他に中年の女と若い男がいた。二人は驚いたように天ヶ瀬を見た。

「久しぶり」天ヶ瀬が場の空気にそぐわない快活さでそう言った途端、父親は天ヶ瀬を包丁の柄で殴り倒した。天ヶ瀬は殴られた頬をさすりながら立ち上がろうとしたが、父親は更に天ヶ瀬の顔を蹴《け》り飛ばした。

天ヶ瀬のポケットから銃が落ちて床を滑った。

「何だそれ」

父親は銃を拾い上げて天ヶ瀬に向けた。

「銃返して」

天ヶ瀬は自分の父親にそう言って、銃を受け取った。そして両手で構えて銃口を父親に向け直し、引き金を引いた。

銃声。

肩に命中。

初老の男は崩れ落ち、顔を苦痛で歪めた。

大量の血が流れていた。

「殺したかった。いつか絶対」

天ヶ瀬は膝《ひざ》をつき、無表情で彼の左胸に銃口を押し当てた。

「さよなら」

銃声。

天ヶ瀬の父親は心臓を撃ち抜かれて、後ろ向きに倒れた。

残された女と若い男は、天ヶ瀬から少しでも離れようとして後ずさった。

「お前、頭おかしいんじゃないか。こんなことして、ただじゃ済まないぞ」

「黙れ」

それから天ヶ瀬は片手を使って、ポケットからタバコを取りだし、器用にライターで火をつけた。悠々と吸いながら、彼は煙と共に言葉を吐いた。

「喋ったら殺す」

怯《おび》えて口ごもった二人を尻目《しりめ》に、天ヶ瀬は悠然とタバコを吸い続けた。先端に灰が溜《た》まりだした頃、急に思い立ったように男に近寄り、顔にタバコの火を押しつけた。

「あつっ」

銃声。

顔面が破裂して脳漿《のうしょう》が飛散し、男の首から下だけが力なく床に伸びていった。

「喋るなって言った」

天ヶ瀬は返り血で染まった自分の顔を傾け、女の方に向き直った。

直後女は、呆然《ぼうぜん》としていたが、男が絶命したという事実と、天ヶ瀬の言葉の意味に気がついて、顔をひきつらせながら歯を食いしばった。

天ヶ瀬は突き刺すような勢いで、女の片目に中指を押し込んだ。女はのたうち回りながら、必死で口を押さえた。

「そうまでして生きたいの」

辛そうな吐息をもらしながら後ずさる女を押さえつけて、天ヶ瀬は銃口を口に突っ込んだ。

「ロシアンルーレット知ってる？」女は首を縦に振った。

「一度やってみたかった。装弾数五発のリボルバー、三回撃ったから、残り二発。外れたら逃してやる。分の悪い賭《か》けじゃないだろ？」

そう言って天ヶ瀬は、シリンダーを指でくるくると回転させた。

女は銃口の先から逃れようと、必死に体を動かそうとした。天ヶ瀬はそのまま冷静に引き金を引いた。

シリンダーは空転した。

天ヶ瀬は舌打ちをして、また引き金を引いた。

空転。

銃声。

束《つか》の間《ま》安堵《あんど》で緩んだ女の顔が、次の瞬間、衝撃で潰《つぶ》れ、ただの肉塊となり弾《はじ》け飛んだ。

天ヶ瀬の呼吸音だけが、室内に響いていた。

それからしばらくして天ヶ瀬は、何を思ったのか、シリンダーの中を見て残り一発の銃弾が装塡《そうてん》されていることを確認してから元に戻し、指ではじいて回転させた。

そしてゆっくりと拳銃をくわえ込んだ。

目を閉じて静止した天ヶ瀬の口から涎《よだれ》が、銃身をつたって流れていった。

凄《すご》く長い沈黙。

銃声。


苦しい。

体がうまく動かない。手足が痺《しび》れている。

体が意志とは反対に沈んでいく。意識が、暗闇《くらやみ》に落ちていく。

ここがどん底なんだろうか、と思う。

死にたくない。消えたくない。

僕にはまだやることがある。

未来を変える。

動け。

光の方に手を伸ばす。

大きく息を吸う。吸って吸って吐いて吸う。心臓がスラッシュメタルみたいに高速にビートを刻んでいた。

まだ、生きていた。

「間中。起きて」

青木が僕の体を揺すぶっている。

「死んでる場合じゃないよ」

青木は真顔で僕を睨《にら》みながら泣いていた。僕を揺する手の指先が震えている。

「死ぬときは三人で一緒に死のうよ」

僕は青木の手を掴んで立ち上がる。

天ヶ瀬の家の住所を検索すると、車で二時間。慌てて二人で外に出た。青木の家の駐車場に止めてあったスクーターを彼女が指差した。家族のものらしい。青木が前に、僕が後ろに乗った。

「ちゃんと掴まってて」青木はアクセルを思いっ切り捻《ひね》ってスクーターを発車させた。

夜の光が視界の後ろに凄い勢いで流れていく。光のない方に向けて走っていた。

走りながら思った。

未来が変わっている。

僕のせいで。僕が天ヶ瀬に関わったせいで。だから天ヶ瀬は引き金を引いたのだ。

天ヶ瀬が死ぬってことは、世界は終わらない。

放っておいたら世界は終わらないかもしれない。

それでも僕は、天ヶ瀬をとめるのか？

それは正しいことなんだろうか？

「あのさ。天ヶ瀬が世界を終わらせる気だとしたら？」

「そういう未来見たの？」

「うん」

「全部変えればいい」青木はそれが当たり前のことのように言った。

「世界も天ヶ瀬くんも救うの。それは間中にしかできない。間中ならできる。明るい未来にみんなで行こう」

なんだこいつ。

そんな簡単に言うなよ。

でも青木の顔はやけに真剣で、僕は何も言えなくなった。

なぁ天ヶ瀬。

待ってろよ。

死ぬなよ。

やがて、さっき未来で見たマンションが近づいて来た。スクーターを降りて急ぐ。

エントランスのガラスドアは派手に砕け散っていた。

血で、あたり一面が濡《ぬ》れていた。

間に合わなかったのかもしれないと思った。

「急ごう」青木の声ではっと我に返り、血の跡を辿《たど》り走った。

もうすべてが終わったあとかもしれない。そんな絶望を必死で押さえつけながら走る。

廊下の一番奥のドアに手をかけ、開けた。

間に合わなかった。

天ヶ瀬の父親、中年の女と若い男、三人の死体が転がっていた。

天ヶ瀬が銃を自分の口にくわえていた。

「死ぬな」天ヶ瀬の銃を摑む。

でも間に合った。

「離せ」

天ヶ瀬が怒鳴る。僕は摑んで離さない。

「やめろ。離せ」

揉み合いになる。

「離せよ」

僕を押しのけようとした天ヶ瀬の腕を背後から青木が摑んだ。

そのまま青木は天ヶ瀬の背中を抱きしめた。

「生きてて良かった」

天ヶ瀬は呆然とした表情で、腕の力をだらんと抜いて、放心していた。

「なんだよ。邪魔すんな」

その天ヶ瀬を青木は抱きしめ、僕は彼の銃と腕を握って、三人で、ずっとしばらく、そうしていた。

「帰ろう、天ヶ瀬」

それからマンションを出て、僕たちは三人で夜道を歩いた。

青木の包帯で応急処置はしたが、天ヶ瀬の首の傷は思ったより深く、病院で診てもらった方がいい気がしたが、言っても彼は取り合わなかった。

天ヶ瀬は髪の毛をぐしゃぐしゃに掻《か》いていた。

「生きてればどうにかなるよ」青木は自分でも気休めと思っていながら、同時にそれを本当に信じてる風に言った。

「俺のこと、ほっとけば良かった」そう言われると急に僕の中に奇妙な罪悪感が芽生えてきた。これから先生きていく天ヶ瀬の人生に責任なんて取れない。天ヶ瀬がこれから先どうなるのかなんて、僕にはわからない。

「そうかもしれない」僕は俯《うつむ》いたまま言った。「なんだよそれ」天ヶ瀬が僕の肩を摑んだ。

「ごめん」

そのまましばらく三人で長い長い鉄橋を無言で歩いた。殺伐とした荒涼とした道だった。トラックが行き交うたびに、足元の橋が揺れていた。もしかしたら、こうやって三人で時間を過ごすのはこれが最後かもしれないって予感が不意にやってきた。寂しい気持ちになる。

天ヶ瀬が一番前で、僕の後ろを青木が手でスクーターを押し歩いていた。誰の顔も見えない。

「私は」後ろから声がした。

「三人でいられて楽しかった。奇跡みたいで」

「うん」

「そうな」天ヶ瀬は今も笑ってるんだろうか。

「じゃ。ここで」

青木は僕たちから離れて、顔を見せないで、照れたように腰より下で小さく手を振った。手のひらをこちらに向けて。どんな顔をしてるのかわからない。

「また明日ね」

それから僕と天ヶ瀬は二人で歩いた。青木がいなくなると僕たちは一気に無言になった。

「俺、生きてたらダメだよ」

そんなことないよとか僕は言えなかった。

天ヶ瀬の自暴自棄な勢いが怖かった。いつもこいつは、何も失うものがない前提なのだ。

「もう全部終わりにしたい」と天ヶ瀬は言った。

二人で川原に並んで、向き合わずに川の水面を眺めながら話した。

天ヶ瀬はカットソーにカーディガンと真冬なのにやけに薄着で、少し震えていた。

「だったら、自殺すればいいのに」

とつい冷たいことを言ってしまう、別にそんなことが言いたいわけでもないのに。

「自殺したら、世界終わるか？　でも続くだろ。それがムカつくんだよな」

「わかんないな」

「気が狂いそうになるんだ。誰が死んでもおかまいなしに続くなんて、どうしてこんなに世界って残酷にできてるんだろうって」

妹が死んでも続いている世界。

僕にとってそれは、生き地獄だった。

「でもさ」

僕はナイフを取り出して、天ヶ瀬の耳につきつけた。

「間中、やれよ。じゃないと俺、止まらないよ」

「わかった」

少しずつ刃先に力を込める。天ヶ瀬の耳に血が薄く滲んだ。

「なんだよ、それ」

天ヶ瀬は冷めた声でそう言い、ナイフを奪い取って立ち上がった。

そのまま天ヶ瀬は無言で帰っていった。

僕は結局、何もできなかった。

夜の川原はどこまでも暗く静かで、人の気配はない。そこに一人取り残されて、僕は全く途方に暮れてしまった。

長い間、そうしてぼーっと川を見ていた。

それから僕は川の中に向かって歩いていった。ダイブした。

入水《じゅすい》自殺の真似事《まねごと》だった。

濁った水の中で息を止めて、意識が遠のいていくのを待った。

やがて未来の光景が目に飛び込んできた。

⏮

それは天ヶ瀬の姿だった。

そこはニュース番組のスタジオだった。けれど、キャスターや芸能人など、その場に本来いるべきはずの人の気配はどこにもなく、不気味にしん、と静まりかえっている。

そこで天ヶ瀬が、包丁を振り回しながら、テレビカメラに向かって演説していた。

「こんな世界なんて早く終わればいい、そう感じない方がどうかしてるよ。思わないか？」

それから天ヶ瀬は手にした包丁で、自分の耳を力任せに切り落とした。耳元から冗談みたいに血が噴き出す。でも彼は自分の耳を、マジックのタネでも扱うみたいにひらひらさせて、おかしそうに笑っていた。

一体何が起きているんだろう。

朝の街頭、道行く人々は騒然としていた。ビルのオーロラビジョンに天ヶ瀬の姿が映し出されていた。

テレビやネットを通して、それは配信されていた。

「世界中例外なく、きっちり殺し合って、最後の一人まで絶命させよう」

天ヶ瀬は包丁の先を今度は自分の腹部に押し当て、晴れやかな笑顔で呟いた。

「これでやっと、何もかも終わる」

天ヶ瀬は目を見開いたまま、勢いよく自分の腹を切り裂いた。

その瞬間、世界が一気に壊れ始めた。

同時多発的な殺戮《さつりく》の開始。

僕の見る未来の中で、世界はゆっくり、穏やかに終わっていった。

5

それから数日たっても、天ヶ瀬から連絡はなかった。

味気ない日々を僕と青木は過ごしていた。

「なんか老後ってこんな感じかなって気がする」

青木がふっと憂鬱《ゆううつ》そうにそんな感想をこぼした。

たしかに、という気がした。天ヶ瀬という存在の刺激に慣れすぎていて、ただでさえ色あせた日常が一気にいつもよりモノクロになっていた。

寝不足の目で、スマホでニュース記事を読んでいた。天ヶ瀬の一家が射殺された。犯人は未《ま》だ捕まっていない。警察は行方を追っている。

「究極の幸福って何？」

屋上ドア前で、相変わらず焼きそばパンを食べながら青木が言った。

「この世に生まれてこないことだろ」

僕は身も蓋《ふた》もないことを言った。それは、何の価値もないただの真実だった。

「終わればいいよ、世界。どうせいつか終わるし。別に僕たちが生きてるうちに終わっていい」

天ヶ瀬の言うように、個人的な人生の終わりと世界の終わりが同期する方が幸せかもしれない。

天ヶ瀬はいつ世界を終わらせるんだろう。

いつでもいい別に。それまで待つだけだ。

世界の終わりを待つのは気楽だった。それを想像すると、大抵のことは許せた。世界が終わることを思うと、現実の出来事に対して、怒ったり傷ついたり出来なくなった。どうせ終わる世界と、敵対しなくてもいい気がした。同じ終わっていく存在だと思えば、自分もまた世界の一部なのだという実感が湧《わ》いたりもする。

でも、少しモヤモヤした。何故《なぜ》だろう。

世界が終わると思って、改めて日常の景色を見回すと、複雑な気持ちになった。あるときは、視界がキラキラして見えた。例えば台所のシンクに跳ねた水滴が日の光に反射しているのすら神秘的に見えた。でもそれは別の瞬間には、終わって当然の醜い影に満ちた映像に見えた。

酷《ひど》い出来事はいつまで経《た》ってもなくならないし、こんな世界は終わって当然。そう思う日もあれば、こんなに素晴らしい世界が失われてしまうのか、と思うときもあった。そんな気持ちが波のように反復されては消えていった。

「どうしたらいいんだろうね」青木が困ったように言った。

「僕たちも学校やめて、天ヶ瀬と一緒に暮らせばいいんじゃないかな」

「それでどうなるのさ？」想像した。三人で放浪しながら暮らす様子を。それはそれで楽しそうだという気もしたし、一体僕たちは何をやっているんだという気もした。

「お金があれば大抵の問題は解決するって誰か言ってたよ」と青木は実際誰かが言ってそうなことを言った。

「お金だけあっても逃げ出せない」

「本当に？　お金があればどうにかなるよ。学校も家もさ」

　金銭的な問題なんだろうか。僕たちの悩みは。違うような気もするし、正しい気もする。どっちだろう。

　青木と二人、途中の繁華街近くの駅で降りて、本屋を探した。「何読みたいの」青木が寄ろうと言い出したのだ。「旅行雑誌」二人で地球の歩き方の棚の前で手当たり次第にページをめくった。「南の島とかでさ、三人で楽しく明るく笑って暮らせたらいいよね」青木は現実逃避気味に非現実的なことを言った。

「お金があればきっとどこへでも行けるよ」

「どうかな」でもしばらくは無理そうだ。

「高校卒業するまでは、ずっとここだよ」

「そんなのすぐだよ。目を閉じて深く息を吸って吐いてやり過ごしてるうちに全部終わるよ。それまで我慢すれば大丈夫」だけどそこまで耐えられそうにないのが問題だ。

僕たちは雑誌コーナーで次々とページをめくっていった。「いいね。上質な暮らし」ソファーの値段が書かれている。一二九万八〇〇〇円。何か違う気がするけど、具体的にIKEAのソファーと何が違うか説明できる気がしない。いくらお金があっても自分にはうまくお金を使う才能がないような気もする。「こんな家に住んだら」綺麗《きれい》な庭に面した大きなベランダ、コンクリート打ちっぱなし、吹き抜けのリビング、高級ソファー、海外製の冷蔵庫。

「空《むな》しいだけだよきっと」

「こんな家に生まれ育ったら？」

「どうだろ」

「天ヶ瀬くんの家フツーだったね」たしかにそんなにわかりやすく荒れてる感じはなかった。それが僕には少しショックだった。

それから青木と別れて駅で降り、帰り道を歩いているとき、ふと振り返ると、尾行している人間と目が合ってしまった。学校を出たときから、ずっと誰かの視線を感じていた。自分の後をつけている人間がいるのかもしれないと、うっすら気づいてはいた。

僕はその尾行を巻こうとして急に走り出した。

その尾行は結構大胆で、僕が逃げるのに対して、猛然と走り出して追ってきた。彼は機敏な動作の大男だった。とても尾行向きの人間には思えない。それで、逃げるうち、もしかしたらそれは尾行ではなかったのかもしれないと思った。僕に、もっとオープンな態度で話しかけようとして、ただ単に、話しかけるタイミングを窺《うかが》っていただけなのかもしれない。僕は走ったが、その男の方が早かった。学校近くの雑居ビルを上った。

男が僕を追ってきていた。警官なのか誰なのかはわからない。僕は息を切らしながら階段を上った。何人もの足音が階下でこだましていた。このままビルを上ったところで逃げきれないことくらい僕もわかっていた。それでも他に良い方法が思いつかなかった。もう諦《あきら》めて投降した方がいいんじゃないか、と、階段を上りながら何度も思った。でもそういう気持ちにはなれず、僕は走り続けた。

階段を上りきってドアを開けて屋上に出た。後ろから男が追いかけてくる。そのときふと閃《ひらめ》いた。ここから飛び降りればあの世界にいくことが出来る。簡単だ。きっと大丈夫だと思った。僕は屋上のへりに足をかけて下を見た。八階以上の高さはあり、確実に死ぬことが出来るだろう。僕は足を踏み出した。次の瞬間、僕は空を飛んでいた。足から地面に落ちていく。風を切る音が耳に響いた。それも一瞬だった。僕は死んでいくまでのその時間を楽しもうとしていた。

駐車場に停まっていた車のボンネットに僕は激突し、そこで意識が途絶えた。

Ⅱ

僕はいつの間にかまたあの退屈な世界にたどり着いていた。いつもの海辺だった。ここに来ると僕はいつも暇だった。何もすることがないからだ。

「それなのにキミはなんでここに来ようとするんだ？」

影がまた僕の背後に立っていた。振り返って彼と対峙《たいじ》する。

「現実が酷くて辛《つら》くて惨《みじ》めで生きていてもしょうがないからだよ」

「そんな風に思っている人間はたくさんいるしキミの悩みは所詮《しょせん》凡庸なものでしかない」

「そんなのわかってる」

僕は脱力してその場に座り込んだ。

「本当は僕だってもっと違う人生を生きたかった」

「もしキミが、自分の人生がうまくいかないから死にたいって思ってるんだったら、人生をうまく生きようとする努力をするべきだと思うよ」

「余計なお世話だよ」

僕はそいつに殴りかかってやろうかと思ったが、そんなことをしても虚《むな》しいだけだと思い直した。

「世界が終わるのが嫌なら天ヶ瀬を殺せ」

「わかってる」

「キミは殺人犯になる。だけど、世界を救った救世主だ」

「なりたくない。どうでもいい」

ずっと心の底からそう思っていた。

未来なんか変えたくない。僕は世界と無関係でいたかった。世界には勝手に終わって欲しかった。

「どうせ僕にはそんなことは出来ないよ」

「キミが情けない人間だから周囲の人間も、その虚しさに引き込まれていって、結果としてどんどんダメになっていく。例えばキミの妹が死んだことも、天ヶ瀬が人を殺したことも、青木が死のうとしていることも、全部キミのせいだよ」

「青木は死のうとしてるのか？」僕はそんな話を彼女本人から聞いた覚えはなかった。いつも自殺未遂をしているから、きっと死ぬのはもう少し後にするつもりなんだろうなと漠然と思っていた。

でも全部僕が悪いと言われればきっとそうなのだろう。

「死んだ方がいい人間は本当は僕なのかな」

僕は害悪で生きているだけで人を損なう。

「そうだよ。本当はキミ一人が死ねばそれでたくさんの人が救われるんだと思う」

僕は永久にこの世界で一人でじっと生きていった方が良いのかもしれなかった。でもそんな勇気は出なかった。僕はいつまでも一人でその海辺に蹲《うずくま》っていた。影はそんな僕を、呆《あき》れながら見下ろしていた。

「もう随分時間が経ったよ。決めなよ」

僕は決める気になれなくて、ただ茫然《ぼうぜん》と影を見上げた。

「キミが現実に戻ったら、きっと、今よりもっと酷いことが起きる。キミは生きていちゃいけない」

なんでそんなに酷いことを言うんだろうと思った。

「僕たちが死ねばこの世界に来れるんだろ？」

僕は気になっていたことをそいつに言った。それを確かめたくて僕はここに来たのだ。

「仮死状態の間、ここに永遠にとどまり続けることになる」

「だったら、ずっとここにいれば現実は助かるんじゃないのか？」

「でもそれは、キミたちがここで別の終わりを迎えることになる」

僕は暗い気持ちでため息をついた。

「もう一回現実に帰りたい」

「どうして？」

「天ヶ瀬をここに連れてくる」

僕はそしてまた現実に戻る道を歩き始めた。現実に帰るのは本当に嫌だった。それでもまだ僕には少しばかり気力が残っていた。それが世の中や僕に関係する人にとっていいことなのかは知らなかった。

僕は現実に戻っていった。

第四章

The last chapter

1

気がついたとき、僕は走る救急車の中にいた。チューブが自分の体に繋《つな》がれていた。目を開けた僕に対して救急隊員が驚いた顔をした。それは、僕が死ぬことを確信していたような顔だった。驚かせてしまってなんか悪いな、と思った。

僕は体を起こそうとした。でも力が入らなかった。そこからの展開は僕が想像した通りには運ばなかった。僕は自分の体を動かすことができなかった。そのまま僕の体は救急車で病院に運ばれていった。だけど、医師は蘇《そ》生《せい》を諦《あきら》めているようだった。そのうち僕は自分の心臓が止まるときの心電図の音を聞いた。全《すべ》てが他人事《ひとごと》のようで、映画を観《み》ている感覚だった。つまらなくて退屈で、自分には無関係のどうでもいい映画だった。

僕は死んでいた。それなのに僕の意識は現実の死体の中にあった。やがて、病室に安置された僕の死体の元に両親がやってきた。そして二人は僕の死体と対面した。

「なんで死んだんだよ」と父親が言った。なんでだろう、と僕も思った。

白い布が僕の顔にかけられた。

　病室は静かだった。死を前にすると、人は静かになるのかもしれなかった。それから
さらに時間が経《た》って、青木が病室にやってきた。青木は死体になった僕を無表情で見下ろしていた。何か言いたそうで、でも彼女は中々何も言わなかった。何か言いたいのに、何を言えばいいかわからなくて、言いあぐねているという調子だった。

「なんで死んだの」

　言うに事欠いて彼女はそう言った。そんなことを言われても困る。なんで死んだのか自分でもよくわからない。そりゃ、一応、死んだ理由とかはいくらでもこじつけることが出来る気はする。飛び降りたから死んだし、人に追われていたせいかもしれない。でもそんなことは本質的な理由ではなかった。自分が本当はなんで死んだのかなんて僕にはわからなかった。それに何より、仮に答えようとしても、僕は死んでいたから、彼女に話しかけることが出来なかった。

「一人で死ぬなんてずるいよ」青木はそう言って僕の顔を叩《たた》いた。何度も叩いた。痛みは感じなかったけど、酷《ひど》いことをするよな、と思った。でも僕は何も言い返せなかったし、何もやり返せなかった。

「私のせい？」

　青木は聞いてきたけど、僕は、多分彼女のせいじゃないと思った。でもそれを彼女に対して言うことが僕には出来なかった。

それから、青木はポケットからカッターナイフを取り出して僕の前で手首を切った。

彼女の手から血が流れて病室の床を濡らした。

「おい。やめろよ」

僕が思わずそう言うと、彼女ははっとしたように顔を上げた。「間中。本当に死んでる」

青木には僕の身体とは別の何かが見えているらしかった。それでは、僕は死んで幽霊になってしまったんだろうか。

「どうして死んだの？」

「死ぬつもりはなかったんだ」

としか言いようがなかった。別に本当にそんなつもりはなかったからだ。

「でも、もう死んじゃったらどうしようもないね」

青木は諦めたように言った。

やがて青木は帰っていった。

病室にはしばらく僕が残されていた。

僕の死体だけがポツンとあった。

夜になり病室の窓の外が暗くなった。

それから、奇妙なことが起きた。青木の姿をした何かが僕のところにやって来た。それは半透明な存在で、服を着ていなかったから全裸だった。彼女は柔らかく包み込むように僕を抱きしめた。やめてくれ、と僕は彼女に言った。

　そのとき僕は息を吹き返した。

　重傷を負って体が本格的に死に近づいて、魂が戻ってくるのが遅れたのかもしれない。実際のところどうなのかは僕にはわからなかった。

　遅いよ、と思った。

　僕は上体を起こした。悪夢から目覚めたときのリアクションそのままだった。全身が冷たかった。異常に寒い、と思った。

　耳をすますと、病室の外の廊下で、僕の父親が葬儀の手配をしている様子があった。電話で誰かと打ち合わせをしていた。首を出して様子を軽く窺《うかが》う。僕の母は放心していた。二人と関わりたくなかった。いざ一旦《いったん》死んでみると、いよいよ、僕という人間が、この両親という二人の存在とはまるで何の関係もない存在なのだということが肌で感じられて、それで僕は今更彼らと何か言葉を交わしたい気持ちになれなかった。それはもっと、平静を取り戻してからにしたかった。つまり僕はそのとき平静ではなかったのだ。

　それから僕は開いていた病室の窓からそっと抜け出して外に出た。裸足《はだし》にスリッパで病院の庭を歩いていると、前方から青い顔をした天ヶ瀬がやってくるのが見えた。そんなに酷い顔してどうしたんだよ、と思った。天ヶ瀬は僕の姿に気づいて、まるで幽霊か怪物にでも出くわしたような顔をした。僕は「よう」と言って片手をあげた。他にどうやって彼に挨拶《あいさつ》していいのかわからなかったからだ。

「お前、なんで生きてんだよ」

「わかんないよそんなの」と僕は答えた。

でも天ヶ瀬は全然嬉《うれ》しそうでもなければ愉快そうでもなかった。別に大袈裟《おおげさ》に喜んで欲しいわけではなかったけど、もう少し何かのリアクションが欲しいところだった。だけど彼の顔は相変わらず沈んだ表情のままだった。

「青木が死んだよ」と天ヶ瀬が言った。

何でだよ。僕は最初彼がギャグを言っているんだと思った。でも天ヶ瀬は笑わなかった。笑って欲しいと思ったけど、二人で笑い出すタイミングは全然やってこない。

僕たちは病院を出て、茫然《ぼうぜん》と高速道路の下の道を歩いていた。夜風が僕たちの顔を殴りつけるように激しく吹いていた。

「青木はなんで死んだの？」

「知らない」

「じゃあ、どうやって死んだの？」

「いつもと同じで手首切って。でも今回は、本気だった」

風呂場《ふろば》で手首を水につけたまま死んだらしい。僕は歩きながらぐるぐる考えていた。

「青木はもしかしたら、死んでないのかもしれない」

「どういうことだ？」

「青木は仮死状態なのかもしれない」

「俺、お前の言っている意味がわからない」

僕はあの世界のことを天ヶ瀬に説明しようとした。でも話し始めてすぐ、うまく説明できるか自信がなくなってきた。それと同じくらい、信じてもらえるのかもわからなかった。それでもとりあえず、自分が知っている限りのこと、見た限りのことを彼に話した。

「じゃあどうなるんだよ、結局」

「わからない」

僕たちは青木が死んでいる病院に行くことにした。青木が復活しているかもしれない、と思ったからだ。

病院に着いて、青木の両親に挨拶をして、彼女の死体と対面をした。青木は確かに死んでいるようだった。僕は青木の死体に話しかけた。死体に話しかける人間なんて珍しくもないとつい最近学習したところだった。

「青木」

彼女の肩をそっと揺さぶった。

「早くこっちに戻ってこいよ」

僕はため息をついた。

「お前がいないとつまんないよ」

でも青木は何も答えなかった。僕たちは奇跡が起きるのを待っていた。でも奇跡は起きなかった。

病室を出て、天ヶ瀬と再び話した。

「これからどうする？」

「どうしようもないよ」

今までで一番、自分のことを無力だと思った。

「もし青木が死んだのがお前のせいなんだったら、俺はお前を許せない」

天ヶ瀬はじっと地面を睨《にら》んでいた。僕は何も言えなかった。天ヶ瀬の体は震えていた。

「俺、行くよ」

天ヶ瀬は僕に背を向けて歩き出した。

「もうお前とは会わないかもしれない」

天ヶ瀬が言った。本当にそうなんだろうな、と僕は思った。

僕は力が抜けて、アスファルトの上に寝転がった。街灯の光が眩《まぶ》しくて、目の奥を刺した。深夜で風が冷たくて、凍えそうだった。目を閉じて考えた。

それからどんなふうに時間が過ぎたのか、僕にはうまく把握出来なかった。青木が死んで時間感覚が消えていた。少なくとも僕は学校には行かなかったし、食事も取らなかった。僕はただ、青木を待っているだけだった。でも誰も帰ってこなかった。僕は一人だった。

やがて青木の葬儀の日がやってきた。学校の人間は大勢参加するということだった。若くして死んだので、あらゆる人が彼女の死を嘆き悲しんでいた。無関係の人も、とりあえず泣いていた。それはまあ、そういうものなのだ。僕の心はずっと死んでいた。うなだれたまま、焼香の列に並んだ。それから焼香をしている時、ふっと我に返った。このまま青木が本当に死んで、死体が燃やされたら、彼女は戻ってこれなくなる。それでは困る。

僕はポケットからナイフを取り出した。

悲鳴があがった。

周囲が唖然《あぜん》としていた。それから僕は青木の棺《ひつぎ》を開けた。青木は青白い顔のまま死んでいた。僕は彼女の死体を背負って逃げ出した。

僕が葬儀場を出ていくと、前に真っ青な車が停まっていた。その運転手の顔は、よく見ると天ヶ瀬だった。僕は青木の死体とともに後部座席に乗り込むと、逃げよう、と天ヶ瀬に言った。天ヶ瀬がアクセルを思いっきりベタ踏みした。誰も追いかけてこなかった。呆気《あっけ》にとられて、どうリアクションを取ったらいいのか分からなくなったのかもしれない。

「これからどこに行く？」天ヶ瀬が僕に聞いた。

「どこでもいいよ」と僕は答えた。それは事実だと思った。別にどこに行こうが、僕たちを取り巻く環境は何も変わらない。むしろ悪化していく気がした。

「俺たちはなんでこうなったんだと思う？」天ヶ瀬が不意に聞いた。天ヶ瀬はずっと前を見ていた。

「僕たちは出会ったときから、こういうエンディングに向けて一直線だったんだと思うよ」

　僕は本当に心の底からそういう予感の中で生きていた。天ヶ瀬に出会った時から、ずっと、破滅していきそうな予感ばかりあった。それがいよいよ現実になったというだけで、この景色はずっと僕の頭の中にあったものだった。

「今が俺たちの人生の本番かな」

「きっとそうだよ」

　僕は天ヶ瀬に深いことは聞かなかった。天ヶ瀬はただ車を飛ばしていた。それが彼のやりたいことだったんだろう。僕もこんな風に、天ヶ瀬と一緒に、無意味であてのない逃避行をすることを望んでいたのかもしれない。

「これから世の中終わらせよう」

天ヶ瀬は嬉しそうに笑って言った。

僕は彼に同意してうなずいた。僕もずっと彼の方に行きたかったのだ。やっと夢が叶《かな》ったと思った。これからどこまでも天ヶ瀬と一緒に行こうと思った。現実の側につく役割なんて絶対に嫌だった。

それから車で高速道路を走った。天ヶ瀬はどんどんアクセルを踏んだ。どこへでも行ける気がした。でも同時に、それは結局のところ、どこにも行けないということと同じなんじゃないかと思った。

途中ホームセンターで青木の死体を載せる車椅子《くるまいす》を買った。それから、僕たちは見晴らしのいい場所に行きたいということになった。

結局行くことにしたのはあの海辺の街だった。僕たちが最初に出会った街だ。そこ以外に行くべき場所というのが思い浮かばなかった。死のう、これが最後だ、というときに、わざわざ未知の美しい場所に行こうとしたりはしないものなのだな、と思った。そうではなくて、所縁《ゆかり》のある場所に行こうという風になるのだ。

海岸線をバカみたいに青い車で走った。僕たちはこれからゆっくり滅んでいくのだと思った。そう想像すると最高の気分になった。今まで生きてきた中でも、かなりどうして素晴らしい気分だった。こういう風な気持ちになれることは珍しい。日差しが気持ち良くて、僕はふと想像してしまった。もしも僕たちがもっと普通の学生で、例えば、東京のどこか私立の大学生で、三人で、サークルとか大学のガイダンスとか何かそんなので出会って、意気投合して、恋愛とかも関係なくて、ドライブに出かけて楽しく一瞬の時間を過ごす、また来ようねと話し合うけどそれと同じ時間が二度と訪れることはないとうっすら悟っている、そんな一瞬すれ違うだけの三人組だったらどんなにいいだろうと思った。そういう一瞬の奇跡みたいな時間を想像した。それはでも、自分に縁のない手の届かない世界の無関係な奇跡だから、キラキラして感じられるのかもしれなかった。

後部座席で僕は少し眠った。寝ているとき、昔のことがフラッシュバックした。

⏭

施設にいるとき、天ヶ瀬が何を考えているかわからなかった。

「天ヶ瀬はここを出たら、何がしたい？」

夜、施設の外で青木と三人で爆弾を作ってるとき、僕は彼に聞いた。

「何もない」

「僕もだけど。強いて言えば？」

「否定したい」

「何を？」

「世の中のありったけの生きている奴《やつ》ら」

「具体的に何するんだよ」

僕は苦笑した。無力で非力な中学生には何も出来ない。

「わかんない」

天ヶ瀬はじっと真っ暗な闇《やみ》を見ていた。

「私もわかる気がする」と青木が言った。

「何をすればいいのかわからないけど、世の中のことを否定したいって気持ちは私の中にもある。そして、多分、たくさんの人の中にある」

自分の中にもそういう気持ちがないだろうか、僕は真面目《まじめ》に考えてみた。

「世界中の人間みんな死ねばいいのに、って、僕だって思うよ」

思い出した。

最初にそれを言ったのは、僕だった。

なんでこんなことを忘れていたんだろう。

2

立ち入り禁止の区域は以前よりも縮小されていた。僕たちは車で、あの流れ星の落下地点のすぐ近くまで行った。

それから車を降りて砂浜に出た。車椅子に青木の死体を載せて、僕たちは三人で砂浜を歩いた。

綺麗《きれい》な昼間の景色だった。太陽が眩しく輝いていた。

「これから死のうと思ってる」と僕は天ヶ瀬に言った。

「現実で出来ることはもう何もない。死んだらもう一つの世界に行ける。僕はそれに賭《か》けたい。でも、賭けるなんて不適切かもしれない。何故《なぜ》なら、賭けるということは、賭けるための何かを持っている人間にしか出来ないからだ。僕には賭けるものなんて何もない。失うものがない人間は何かを賭けることすらできない。でもそれでいいと思ってる。僕は本当に躊躇《ためら》わずに死ねるよ」

それから僕は天ヶ瀬の手を引いた。

「お前も一緒に死のう」

「いいよ」天ヶ瀬はうなずいた。

それで僕たちは心中することにした。

僕たちは青木の死体を砂浜に残して海の中に入っていった。水の中で天ヶ瀬と顔を見合わせた。天ヶ瀬は相変わらず笑っていた。こんな時でも笑うんだ、と僕は思った。僕は彼に対して笑い返した。

そうして僕たちはただ意味もなく死んでいった。

視界は黒い闇に沈んでいく。

すべてが際限なく千切れていくような感覚。

ついで、その裂けてバラバラになった自分が、どこか遠くに引っ張られていくような感じがした。

生きていれば良いことも悪いこともある。

でも、悪いことのせいで憂鬱《ゆううつ》なわけではない。

生きているということ自体が憂鬱なのだ。

だから、例えば僕がいじめられていたとか、そういうことは、きっと些末《さまつ》な問題だと思う。

生きている間じゅう、ずっと消えてなくなりたかった。

だからこれが僕の望んだ結末なんだと思った。

そして僕たちは、この世から、消えた。

その間、僕はずっと安心していた。

＝

波音に遅れて気づく。僕は海辺にいた。

誰の姿も見当たらなかった。

自分が誰なのか、どういう人間なのか、どうしてここにいるのか、何もかもよく思い出せなかった。

空は不気味なグラデーションをしていた。

僕はじっと海辺に座っていた。待っていれば誰かが話しかけて状況を説明してくれると思ったからだ。

僕は一人で、ぼーっと海だけを眺めていた。でもどれだけ待っても誰もやってこなかった。僕が自分で動き出さない限り、何も状況は変わらないらしい。そう気づいた。すると自分でも不思議だけど、意地でも動きたくなくなった。ずっとこのままここにいてやろうと思った。どうして動き出して何かに関わったりしなければいけないんだろう。なんで人は生まれてきて死んでいかなければいけないんだろう。そんな必要も義務もどこにもないのだ。

誰もいない世界。ずっと一人で、誰にも迷惑をかけず、かけられず、孤独に存在していける。ただ、狂えるなら、早く狂いたかった。正気を保っていることが苦痛だった。

退屈で暇で、どうにもやることがない。

何なんだろうこれは、と思った。

何もせずにずっと過ごした。時間の感覚は全然なかった。ただただ虚《むな》しくて、何も考えたくなかった。だから座っていることも立っていることも億劫《おっくう》で、日がな寝転がっているようにしていた。

急にふっと冷静になってしまう瞬間がやってくるのが怖かった。だから、何も考えないでいようと思った。体が汚れてくれれば海に入って泳いで汚れを落とした。食べなくても腹はすかなかったが、餓死することがあり得るのかはわからなかった。

僕は無になりたかった。頭の中の何にも苦しめられたくない。僕は物になりたかった。

長い時間ずっとそうしていた。

あるとき、海岸線に物が流れ着いているのが見えた。近づいて拾い上げると、それは白いスタンスミスだった。どこかで見た覚えがあるけど、思い出せない。

それから、ときどき、色んな何かの残骸《ざんがい》が流れ着いてきた。その度に僕は遅れて気づいて、拾い上げて観察した。それはノートだったり、ベルトだったり、カッターナイフだったり、スタンガンだったりした。ラッキーストライクやライター、金属缶もあった。

そうした物、意味を失ってただのゴミになったガラクタを拾い集めて、砂浜に並べて過ごした。メダルゲームのメダルが大量に流れ着いたときもあった。金属バットが漂着して、素振りが僕の日課に加わった。僕はそういうガラクタを拾い集めていった。

砂浜にはどんどん変な物が流れ着いてきた。僕は日々それらを集めて積み重ねていった。特になんの考えもなかった。

「そんなことしないほうがいいよ」

あるとき黒い影が僕に話しかけてきた。返事をしないでいると「そんなことすると不幸になるよ」とそいつがまた続けて言った。

僕は無視してガラクタを集めて変な塔を作り続けた。

そのうち、自分はなんのためにこんなことをしているんだろう、という意識が自分の中にやってきた。でも僕はそれを無視してガラクタを集め続けた。やがて、とくに完成というわけでもなく、僕が自分の中で、なんとなくもういいや、と思う瞬間がやって来た。

少し離れたところからその積み重ねたガラクタを見た。僕以外の誰にとっても無意味な物に見えた。それでいいと思った。

それから、僕は現実にいたときの記憶を少し取り戻した。

僕は何のために自分がこの世界にやって来たのかを思い出した。大切なひとを探しにやって来たのだと気づいた。

「やっとここまで辿《たど》り着いたね」

声の方に顔を向けると、すぐそばにミキの姿があった。

「お前、なんで死んだんだよ」

「大丈夫だよ。私、もう死なない。ずっとそばにいる」

「どういうこと？」

ミキはニコニコと笑っていた。

「大丈夫。ここは永遠に続く世界だから」

「それが究極の幸福なのかな」

「だって三人とも、それを心の底から願ってた」

言われて気がつき、見回してみたが、二人の姿はどこにも見当たらなかった。

「二人は？」

「この世界のどこかに。でもね」

「でも？」

「なんて言ったらいいのか……もうあの二人と無理して関わらなくてもいいんじゃないかな」

「別に無理なんかしてないよ」

「食べなくても寝なくてもいい。勿論《もちろん》働かなくてもいいし。無理して人と関わらなくても必要なことはすべて満たされてなくならないんだから」

「何か必要がないと人と関われなくなるのか？」

「理由がないってこと。だってあのままずっと三人でいたらどうなるか。目に見えてるじゃない」

「さっきから全然言ってることがわからないけど」

「本当はわかってるでしょう。三人以上いたら、いつか必ず誰かが傷つくんだよ。そしてその誰かが傷ついたことでまた別の誰かが傷つく。致命的に。人間関係ってそう出来てる」

「そうかもな」

「どうしたの？　セーリ」

ミキは不思議そうに小首をかしげた。

「別に、なんでもない」

そうして僕とミキは、だんだんと話すこともなくなっていった。

とにかく話すことがない。

話す必要がなくなっていた。

二人で手を繋いでいた。

あるとき、懐《なつ》かしい口笛が海の中から聞こえて来た。

僕は、意識続く限り海の底に向かって歩いていくことにした。

「行かないでよ」

悲しそうに縋《すが》るミキの手を振り払って、僕は黙々と歩き続けた。

しばらくして肩口まで水につかり、そのまま更に歩けばすぐに顔も全部水の中に入り込んだ。息ができなくなる。

なんでこんなに寂しいんだろう。


夜の底を歩いていた。

光の殆《ほとん》ど届かない、黒だけの世界。

呼吸する必要すらなかった。

すると本当に終わりはないんだな、と思うと、沈んだ気持ちになった。どうしてだろう。あれほど恐ろしかった終わりから解放されたのに、僕は何故こんなに死にたいんだろう。

昔は生きるのも死ぬのも嫌だった。

今では僕は、生きても死んでもいないみたいで、痛みや苦しみが恋しかった。

それでまた随分長い時間が過ぎた。果てしない時間を歩いた。どれだけ歩いても、どこにも辿り着かない。

自分はどうやらこの世界にも馴染《なじ》めないみたいだ。

そう悟った途端、どこからか鼻歌が聞こえてきた。それは女の声だった。

僕は人魚に吸い寄せられる船のように、その声に近づいていった。

女がいた。女は巨大な毛布にくるまり横向きに寝転がって、熱心に手元で何かの作業をしていた。さらに近づくと、それはどうやら編み物をしているらしいということがわかった。

「何作ってるんですか」

やっと僕に気づいて、こちらに顔を向けた女を見て、びっくりした。

顔がとても青木に似ていたのだ。

だけど本人じゃない。年も三十前後に見えた。

それに、彼女の腹部は異様に大きく膨れていた。

驚くことに、毛布の膨らみに見えていたそれは、その女の一部だったのだ。そう勘違いしたのは、その膨らみが、あまりに大きかったからだった。

妊婦。

でもこんなに腹が大きな妊婦を僕はこれまで見たことがなかった。

「おくるみを作っているの」

と彼女は言った。聞き覚えのない言葉だったので、いよいよ返答に困り、何も返せなくなってしまう。

「赤ちゃんをくるんで抱いてあげるためのもの」

言われてみれば、なんかそういうのテレビとかで見たことあるな、という気もする。

「でも中々作るの難しそうですね」

彼女の手元の編み物は、まだ未完成で、でき上がりは想像できなかった。

「時間ばかりあるでしょ」

「でも、あなたは、その子を産んだら死にます」

そんな気がして、僕は彼女にそう言った。

「そうね」

彼女は凄《すご》く寂しそうな顔で笑って答えた。

「だって、死んだら意味ないじゃないですか。自分が死んだら、大切なものがあったって、なかったって、わからなくなる」

「君は、死ねばすべての意味がなくなっちゃう、そう思ってるんだね」

「そりゃそうでしょ」

彼女は棒針の先を舐《な》めながら、子供をあやすように笑った。

「本当は君もわかってる」

僕は胸につっかえていた自分の言葉を吐き出した。

「永遠は、退屈で、虚しくて、愛がない。誰も死なないから、何も生まれない。新しい命が欲しい。もっと新しい世界が見たい。昨日とは違う明日が見たい。ドキドキしていたい。その欲望が、いつか死を招き寄せ、いずれ世界を終わらせるとしても、それを止めることは、何故かできない。そういう風に、生まれついているから。新しい世界が見たいから」

彼女はこくりと満足そうにうなずいてみせた。

「お腹《なか》を切って」

やりきれなかった。

これからどうすればいいのかも、僕には凄くよくわかった。

だけど怖かった。

手が震えた。

震える手を伸ばして、僕は彼女の手から棒針を受け取った。

身体《からだ》が重金属のように重かった。

気力を振り絞る。

後悔するかも。

それでも、僕は君に会いたい。

力を込めて、彼女の腹に棒針を突き立てる。皮が裂け血が流れ出す。
世界が張り裂ける音がした。
切り裂いたお腹の中から青木が出てきた。
だけど青木は、目を閉じていて、微動だにしない。
すぐに引きずり出して、肩を揺さぶる。
「おい」と声をかける。
反応がなかった。
まるで死んでいるように見える。
「喉《のど》に羊水が詰まってる」
青木のお母さんが、かすれる声でそう言った。
青木の口を見る。唇は、小さく、たよりなく、儚《はかな》く見えた。
その口に、自分の口を押し当てる。強く吸い込む。
羊水は、薄く甘い味がした。
何度か繰り返す。
いきなり青木が気がついた。
「生まれてきたくなんかなかった」
そして、泣き叫んだ。

涙が流れて海に溶けていく。

その青木の頭を抱きしめる、母の姿があった。

腹部は裂けて、下半身も満足に動かせない。激しい痛みに打たれながら、腕だけで這《は》って近づき、青木の顔を抱いた。

「嫌だよ。嫌なのに。なんで。お母さん、死なないで」

青木は泣きながら、血まみれになりながら、自分の母親を抱きしめていた。

「泣かないで。大丈夫」

それを最後に青木の母親は動かなくなってしまった。

青木はしばらくうなだれ、顔を上げて涙を拭《ぬぐ》い、繋がっていたへその緒を取り上げて、口に含み、ぶちりと歯でかみ切った。

そして立ち上がった。

「行こう」

一連の光景の中で、頭は急にはっきりと目覚めだしていた。

それから僕たちは口笛の音を探し歩き、天ヶ瀬を見つけた。

そこには天ヶ瀬がいた。

「天ヶ瀬も帰ろう」

「俺は無理だよ。俺はこの世界なら、なんか生きていける気がしてるんだ」

彼はいつも以上に……現実にいたとき以上に、虚《うつ》ろで、顔には一切の感情がなかった。そのまま消えていきたいような表情だった。

「俺は現実に戻らないほうがいいと思う。お前は戻った方がいいよ」

天ヶ瀬は面倒くさそうに言った。

「どうやって生きればいいかわからないんだ」

「別に。普通にしろよ」

僕は嫌な気持ちになった。もっと心を開いてくれていると思っていた。僕と彼の間には何かしらの感情のやり取りがあると思っていた。でもそんなものはどこにもなくて全部僕の勘違いだったのかもしれない。目の前の彼の感情は閉じていた。

「なあ。お前にとって、何をするのが一番大切だ？」

「一番大切なこと……そんなこと考えたこともなかった」彼は、そのことについてどうやら本当に初めて考え始めたようだった。

天ヶ瀬は自分の中の気持ちを言語化出来ないのかもしれない。

「お前は現実で生きていけばいいよ」と彼は言った。それが僕には耐えられなかった。

「どうしてお前は世の中の人間を全員殺したいんだ」

「世界中の人間全員がクソだからだ。生きて歩いて子供を育てて暮らしてる人間が憎いから。俺が間違っていると言う、あいつらのほうがおかしいよ」

天ヶ瀬の言っていることはよくわかった。だから僕には彼を説得する言葉がなかった。

「お前は俺の敵。俺が本当に殺したいなと思っている人間はお前だよ。他の誰でもない。お前さえいなければ。俺の人生に先回りして、訳知り顔で忠告したりして、知ったかぶりで、余裕綽綽《しゃくしゃく》で、辛い目にあっても余裕たっぷりで、お前のそういうところが俺は不愉快でたまらなかった」

僕にとって、天ヶ瀬というのは、友人とか、そういうもの以上の存在だったのかもしれない。自分の心の中を代弁してくれるようなもう一人の自分、ピュアで純粋な自分、自分の中のいくばくかの良心の象徴。もう戻れない地点に自分がいると気づいて、惨《みじ》めだった。

「お前の考えはよくわかったよ」

天ヶ瀬と僕が分かり合えることはないだろう。

「お前の全てが気に入らない。友人ごっこに反吐《へど》が出る」ずっと溜《た》めてたことを「お前はろくでもない人間だ」彼は吐き出していく。「生きてる価値のない人間だ」そのたびに殴られてるみたいな気持ちになって「ゴミみたいなクソみたいなひどい人間だ」台風の雨つぶみたいに吹き付けて「俺が狂ってるんじゃなくて一番狂ってるのはお前」僕は息するのが苦しくなっていることに気づいた。

「だからお前は偽物《にせもの》なんだよ」

「……わかったよ」

僕は天ヶ瀬に言った。決裂した瞬間だった。これから先、僕たちの関係は二度と元には戻らない。そのことを僕は受け入れるべきなのだろう。でも寂しかった。もっと他に良い方法がないかと考えた。でも他に何も浮かばなかった。僕と天ヶ瀬はここで別れて、二度と元には戻れない。

「もうお前とは会わない」彼は言った。

「間中、もうやめなよ」

僕の腕を、青木は摑《つか》んでいた。

「しょうがないよ。それは無理なんだよ」

何もしょうがなくないよ、と思った。

「青木はそれでいいの？」

「ねぇ、もう帰るよ。いつまでもここにはいられない」

「なんで帰るとか言うんだよ」

「しょうがないよ。天ヶ瀬くんがそう決めたんだから」

青木は僕を更に引っ張って、海の上の方へと浮かんでいった。やがて光が見えてきた。

3

ぱしん、と頬を叩《たた》かれて目が覚めた。

仮死状態から回復した僕と青木は海辺に横たわっていた。

青木は、地面に横たわっている僕に覆《おお》いかぶさるようにして、僕を平手打ちしていた。

それをたじろいだりせずに無視していたら、青木は何度も叩いてきた。

「やめろよ」

その内、勢いづいてきて、平手が拳骨《げんこつ》になって、それに飽きたら今度は、爪《つめ》を立てたり思いっきり噛《か》んだりしてきた。

いい加減、しつこいのにうんざりしてきて、僕も青木を押し返した。

つかみ合いの喧嘩《けんか》になった。

でも、すぐに勝負はついた。

手加減なしで股間《こかん》を蹴《け》り上げられ、僕は青木に簡単にノックアウトされてしまった。

青木は、悶絶《もんぜつ》する僕の姿を見て、腹を抱えて笑っていた。

笑い事じゃなかった。

滅茶苦茶《めちゃくちゃ》痛かった。

痛くて苦しくて、悲しくて、涙が出た。

蹴った青木も、笑いながら、泣いていた。

「ねぇ間中、帰ろうよ」

それで僕たちは家に帰った。携帯で時間を確認した。現実ではわずか数時間の出来事だった。夜になっていた。一言も喋《しゃべ》らず、一度も後ろを振り返らず、罪悪感から逃げるように、手を繋《つな》いで、僕たちは帰った。

翌朝、郵便受けに新聞を取りに行くと、家の前に青木が座り込んでいた。

「な、何してんの」

面食らって、さすがに引いてしまう。この真冬に、一体青木はいつからそうしていたんだろう。想像しただけで、自分の体まで寒くなった。

「あんたの妹が、昨日の夜もまた私のとこに来てね」

「お前、よくそんな毎晩毎晩飽きないね……」

「なんか、いよいよ薄くなってきてるんだよね」

「それって」

「もう会えなくなるかも」

青木は、ほどけたスニーカーの紐《ひも》をくるくると指に巻きつけながら、低く暗い声で喋った。

「そっか」

「間中、散歩行こ」

「は？　無理無理、クソ寒いし」

「いいから」

青木は、震える目で、僕を見上げていた。まぶたのふちに溜まった涙は揺れて、日差しをはじきながら悲しい模様を目に重ねていた。苦しい。そう言われている気がした。

コートだけ上から羽織って、すぐに戻る。

二人で、冬の朝の路上を歩く。

青木は歩き続けた。無目的に歩き続けた。どこに行くでもなく何をするでもなく、ただただ足を動かすために歩き続けた。

青木の手首からは血が流れていた。カッターで切ったから、流れていた。

「ずっと、間中の子ども時代の話聞いてた。ヤバいね」

「うるさいな」

青木は幽霊のミキと話しながら、どこまでもどこまでも歩いていく。

他の幽霊ともすれ違う。会ったら挨拶《あいさつ》。折り目正しく。今日は寒い日ですね。でも晴れていて日差しにあたると気持ちがいいですね。それではさよなら、また会う日まで。

一日中手首から血を流していたら出血多量ですぐ死んでしまう。だから青木は、たまに包帯を巻いて、止血し、頃合いを見てはまたかさぶたの上からカッターで切りつけて血を流した。

ぬるくて安全な自殺を繰り返し。

歩いて歩いて歩いて歩く。

夜になって、疲れたら家に帰って眠る。十二時間くらい寝て、昼過ぎに起きたら待ち合わせて、また次の日も歩く。

青木は、歩道と車道の境目にある謎《なぞ》の出っ張りみたいな部分に足を乗せて、よろよろバランスを取りながら歩を進めた。

「白線の外側、踏むと死ぬんだ」

くだらないことを言いながら横断歩道を渡る。

商店街のタイルを緑だけ踏んで。

黄色い点字ブロックをアクロバティックに飛び越えて。

幽霊と話しながら、手首から血を流しながら。

道行く人々は、異様な様子の青木を振り返って、頭がおかしい人を見るような目で、眺めてくる。

それで青木も悪ノリして、気が触れたフリをするようになる。奇妙な笑い声を上げながら、弾《はじ》けたようにくるくると回る。

　止める気力は僕にはなかった。

それどころか、自分の気持ちを青木が代弁してくれているような気さえしていた。青木がこんな風だから、かろうじて自分は正気を保っていられるのかもしれない。

世界は全然終わる気配がなく、そんな歩き続ける幾日かが過ぎて、世間はクリスマスイブだった。

　クリスマスイブと言えばイルミネーション、街頭には、浮かれた顔の人々、楽しげな雰囲気。

　ここにはもう君と僕だけしかいない的ラブソングが、呪《のろ》いみたいに鳴っている。

そんな繁華街を呪いながら僕たちはすり抜けていく。

人混みを避けて細い路地に向かうと、そこはラブホテルが立ち並ぶいやに艶《つや》めかしい一帯だった。あちこちに腕を組んで歩くカップルが目につく、聖夜の煩悩《ぼんのう》まみれセックスオンザロードをいつしか僕たちは歩いていた。

「ねぇ、どうする？」

　青木は急にそんなことを言いだした。

「何それ」

かなりイラついたので蹴った。蹴られた青木は、その何倍も蹴り返してきた。本気で蹴ってくるから、痛かった。

路地を抜けると川に出た。橋のたもとの階段を下りて、川の流れに沿って歩いた。

川はどどどと音を立てながら流れていく。

夕暮れの川辺にいちゃつくカップルが、等間隔に並んでいる、なんてことのない日常の光景がそこにはあった。そいつらを順番に後ろから川に突き落としていきたい衝動を抑えながら、通り過ぎて行く。

「どうしたらいいんだろうね」

そのうち夜空に粉雪まで舞いだした。

喜ぶ奴も多いんだろう。

全くロマンチックな夜だった。

歩き疲れたので結局、ラブホに入った。

「私、初めて来るよこんなとこ。間中は？」

「来たことあると思うか？」

二人ともコートだけ脱いで、すぐにバスルームに入る。

「変な形の椅子だね」

ドンキホーテで買った練炭に火をつけて、床に座る。

「間中、汚くない、それ」

青木はバスタオルを床に敷いてからへたりこむように座った。

「何話したらいいんだか」

「ふつーに話せばいいんじゃない。兄妹《きょうだい》なんだから」

数十分後、バスルームに充満した一酸化炭素が僕たちの意識を奪いだした。

「何もこんなとこじゃなくてもいいのに」

最後に二人っきりで話して欲しかったから。

「今度こそ本当に死ぬかもな」

「それもいいかもね」

瘡蓋《かさぶた》だらけの手首が視界に入る。その腕が絡《から》みついてくる。

なんとなく、抱き寄せてみたりする。

「私のこと妹だと思っていいよ」

青木は耳元に口を近づけてそう囁《ささや》いた。

思えるわけないだろ。

その後、僕と青木は高校を卒業、特に何もなく、離ればなれになる。卒業式以来、二度と会うことはなかった。

一度だけメールが来る。二十四歳のときに。内容は、結婚することになったとかなんとか、ありきたりのことが書いてあった。すぐに消去して、それっきりになった。

僕は家を出て、派遣労働者として働いていた。世間並のまともな職業につく気が起きなかったからだ。

先の見えないその日暮らしの生活を送った。それはそれで、意外になんとかなるものだった。ワンルームのアパートで一人暮らし、友人も恋人もなく、家族とも数年に一度顔を合わせるだけ、すんなりシンプルな暮らしを続けた。

僕は待っていた。自分の人生が終わるのを今か今かと待ち構えていた。その日がいつなのかも僕は勿論知っていた。

最終日も特に慌《あわ》てふためくことなく淡々とやり過ごした。

シャワーを浴びて髭《ひげ》を剃《そ》って作業着に着替え部屋を出る。

タイムカードを挿す。

これで仕事納めだと思うと、むしろ爽《さわ》やかな解放感すらあった。

工場長に挨拶。

プレス機を動かす。

事故防止のための非常用センサーは故障している。

悲しむ人は多分いない。

困る人も勿論いない。

僕が死んでも、何の支障もなく世界は回り続ける。それは厳然とした事実だった。

プレス機が降りてくる。

やっとラクになれる。

やっと終われる。

迫り来る鉄の機械に向かって僕は、ありがとう、と短く呟《つぶや》いた。

ありがとう、さよなら。


セーリ。

朦朧《もうろう》とした意識の中で、僕を呼ぶ声が聞こえた。

死に瀕《ひん》して僕はそんな幻聴を耳にしていた。

「もう、ちゃんとしてよ」

それは生前からのミキの口癖のようなものだった。

だけど全身がだるかった。何もやる気が湧《わ》いてこない。

もう何もしたくなかった。

指すら動かすのが億劫だった。

「セーリ？」

………。

「ねぇ、って」

……………………。

「なんで無視するの」

…………………………………………。

「辛《つら》いんだよ」

「どうして？」

「僕がお前を殺した」

「違うよ」

「そんなつもりなかったんだ」

「わかってる」

「ごめん」

「セーリは悪くないよ」

「恨んでるだろ？」

「恨んでない。先に死んじゃう妹で、ごめんね」

「やめろよ」

「でも、私だって死にたくなかったよ。セーリと一緒にいたかった」

頭がおかしくなりそうだった。

「消えないでくれ、ミキ。ずっと僕のそばにいて、ダメな僕を叱《しか》ってくれよ」

「ねぇ、セーリさっき、私のこと思い出すと辛いって、言ったよね。でもね、それも私なんだよ。生きてても、兄妹でも他人だから、一緒にいても楽しいときばかりじゃなかったよね？　それと同じなんだよ。お母さんやお父さんと昔話をしたりして、思い出して色んなことを思うのも、また別の私なんだよ。でも何もないより、辛い方が、悲しい方が、寂しくないから」

彼女は目に涙を浮かべながら、そんなことを言った。

「だから大丈夫。私が消えて、これからどんどん、忘れていくことはたくさんあるけど、セーリの心の中の私との間に、そうやって新しい思い出もできていく」

抱きしめていた腕を離して、最後に彼女は、僕に向かって微笑《ほほえ》んだ。

「もう大丈夫だよ。だって、この世界で生きてくって、ちゃんと心の底から、そう、決めたんだから」

セーリ、私はいつまでもそばにいるよ。
大好きだよ。
だからセーリ、お願いだよ。
私からの最後のお願い。
どんなに怖くても、人を愛して。
諦《あきら》めないで、死ぬまで、生きてね。
生きて、生きて、生きて、愛して。

4

「すげー腹減ったよ」
それは。
消えたはずの男の声だった。
この世にいるはずのない男の声だった。
げっそりとやつれて、足元もおぼつかない、目の下のクマは濃く酷《ひど》い顔をしている。
世界から消えたはずの男が、ぼろぼろの姿をして、けれど確かに、目の前にいた。
春。何もかも終わったはずの放課後の非常階段。

なのに何故《なぜ》か、天ヶ瀬がいた。

呆然《ぼうぜん》として口もきけないこちらを尻目《しりめ》に、天ヶ瀬は僕の食べかけのパンを奪い取って、猛然と食べだした。

「な、何だこれ。ど、どくだみ……ドリアンパン……？」

「あ、ああ、どくだみとドリアンを合わせた新食感のパンだよ」

「お前よくそんな不味《まず》そうなパン食えるな」

天ヶ瀬は、化け物でも見るような生理的嫌悪《けんお》感《かん》たっぷりの眼差《まなざ》しで僕を睨《にら》んだ。

「なぁ、とりあえずどっか飯食いに行かないか」

「いいけどさ、お前会うなり食うことしか頭にないのかよ。もっと他にさ」

「なぁ、そうだラーメンいこう、ラーメン。お前の奢《おご》りで」

「あ！」

「なんだよ、それくらいケチんなよ」

「いや、ちょっとあとで話がある」

全く異常な食欲だった。ラーメン二杯と大盛りチャーハンに餃子《ギョーザ》一八個をかき込んで、やっと一息ついた天ヶ瀬は、ポケットから懐かしいガラス瓶を取り出してテーブルに置いた。

「今どき、こんなことする奴いるか？　お前、バカなんじゃねーの」

天ヶ瀬は苦々しく笑い、人差し指で瓶を弾いて高い音を鳴らした。

瓶の中には、白い素朴なコピー用紙に書いた手紙が入っていた。

「俺だって、別にこんな手紙一枚で納得してるわけじゃない。……今でも、まだ、凄く迷ってるんだ。いつか世界を終わらせるかもしれない。実は帰ってきてから今までにも、何度もそう考えた。もしかしたら俺は戻ってくるべきじゃなかったのかもしれない。それが、間中と青木のためだったのかもしれないんだ」

実は内心、僕自身、天ヶ瀬の存在に、その力に、ビビっていないこともなかった。こいつ、また何かやらかすかもな、危ない奴だな、正直そう思う。

天ヶ瀬がいない方が、世界は安全かもしれなかった。

それでも僕は天ヶ瀬と生きていきたかった。

⏭

現実に戻ってから、僕たちは何度かまた自殺をして、性懲《しょうこ》りもなくあの世界に戻った。探しても天ヶ瀬の姿は見つからなかったから、かわりに手紙を書いて海に流した。それがいつか彼の元に届くだろうと思っていた。こんな手紙だ。

天ヶ瀬　充　様

君がいつこれを読んでくれるのかわからないけど、
いつかきっと読んでくれると信じて僕は書いています
そっちはどうですか？
こっちは冬で寒いです
今日は珍しく雪なんか降りました
君がいないと楽しくありません
別に何もかも割り切って、こちらに戻ることにしたわけではないのです
矛盾と葛藤《かっとう》はいつも頭から離れません
だから君の決めたことが間違っているなんて、僕にはとても言えそうにないのです
君の方が正しいのかもしれない
ただ、たまらなく寂しい
僕も、それに青木も寂しがっています
寂しいから、他人を巻き込むなんて、だらしない理屈だと君は笑うかもしれません
あるいは、なんて野蛮な奴だろうと、嫌悪するかもしれない
でも愛情は、どうしようもなく暴力なのです

それはとても純粋な、原初的な形の暴力です
だから僕はこれを、君のことぶっ飛ばすようなつもりで、書いています

僕たちは、君のことを愛しています

いつまでも君を待っています
何十年たっても、一〇〇歳になっても
だから必ずまた会いましょう

間中　成理
青木　真奈

◀

そのマンションに入るのは久しぶりだった。大理石の玄関に足を滑らせそうになる。家じゅうの戸棚をあけて、調理道具をかき集めた。今日は楽しい日にしたい。

買ってきた食材を調理していった。タマネギをみじん切りにしていく。少し涙が出て

手の甲で拭う。ミンチ肉をボールに入れ、塩胡椒《こしょう》とナツメグ、牛乳とパン粉、卵を入れて混ぜ、手でこねていく。

インターホンが鳴った。

モニタに青木の顔が写っていた。「玄関の鍵《かぎ》開いてるから」操作してオートロックを開け、台所に戻る。

「何作ってんの？」

「もう出来上がるから。座っててよ」

手の上で肉塊をキャッチボールして、空気抜きをした。

それからフライパンにバターを引いて、焼いていく。

「ここは一体誰の家？」

青木がソファーに寝転がって宙を見上げながら言った。

「友だちの家だよ」

「間中、友だちなんていたの？」

「失礼だな」

「で、その友だちはどこ？」

「もうすぐ帰ってくる」

音を立て油をはじきながら肉が焼けていく。返すときに少し緊張した。ここで失敗したくない。練習のときに何度か失敗した。焦《こ》げ目がしっかりついている。蓋をして蒸し焼きにしていく。香ばしい良い匂《にお》いがしてきた。

「間中、最近どうしてたの？」

「別に」

竹串《たけぐし》を刺して火加減を確認する。透明な肉汁。

フライパンでソースを作っていく。赤ワイン、ケチャップとウスターソース。オーソドックスなソースだ。

出来上がったハンバーグを皿に盛り付けていく。付け合わせにクレソンとセロリのサラダ。ソースをかけて食卓に運ぶ。三人分の食器をテーブルに並べていく。手元のスマホでメッセージを送って合図をした。

「何の真似《まね》？　他に誰か来るの？」

青木がアンニュイな顔で見上げてふと言った。

「うん」

それから僕は電気のスイッチを消した。

唐突な出来事に困惑しながら、青木は手探りで部屋の電気のスイッチを探そうとする。

その手を僕はつかまえる。

「な、な、何よ？」

青木は間の抜けた声を出した。

「ちょっと待ってて」

そして光がやってくる。

ケーキの上に刺さった十七本のロウソク全部に火が点《つ》いている。

浴室に隠れていた天ヶ瀬が、その光に照らされながら、こっちの方に歩いてくる。やっと俺の出番かと、どうだ驚いたかと、悪戯《いたずら》っぽい、得意げな顔を見せながら、こちらにゆっくりやってくる。

天ヶ瀬が丸い苺《いちご》のショートケーキを青木の顔に近づけると、その明かりに照らされて、暗闇《くらやみ》の中に青木の顔がぼおっと浮かび上がった。

「うそ……なんで………」

青木の顔がぐにゃりと歪《ゆが》む。

こんなに複雑な感情の入り交じった顔を、初めて見た。混乱と動転と驚愕《きょうがく》と、激情と歓喜と熱狂とが交錯して、今にも爆発しそうな顔。

その顔を見て僕は、嗚呼《ああ》、暗い未来なんて、受け入れてたまるか、と思う。あんな風に孤独に死ぬなんて、絶対に嫌だ。

だから本気で、頑張ろうと思う。

これで文句なしの大団円、あとは大過なくつつがなく過ごしていけるなんてほど、世の中甘くはできていない。僕だって青木だってただの劣等生でしかないし、天ヶ瀬に至っては単なるプーだ。問題だらけで、油断はできない。それに時間も、とても短い。

気をひきしめて、一分一秒を大切に。

だって、ブラジルの蝶《ちょう》の羽ばたきがテキサスに竜巻を起こす例えのように、些《さ》細《さい》なことの積み重ねが、未来を変えるかもしれないじゃないか。

だからそうやって僕は、運命を、自分の意志で、変えてやる。

手始めに。

とりあえず。

そうだ。

このイベントがひととおり終わったら、青木に告白しよう。

好きだって言おう。

決めた。

その結果がどう転んだって、僕たちは傷つくだろう。

怖くないわけじゃない。

そういえば、以前見た未来では、青木は全然別の男と、結婚なんかしていた。あそこでは、僕の初恋は始まりもせずに終わっていた。そんなことも思い出すと、勿論《もちろん》怖くて仕方ない。簡単にフラれて、もう二度と話してもらえなくなるかもしれない。オッケーでつき合うことになっても、いつか結局、ダメになるのかもしれない。

もしかしたら青木は天ヶ瀬のことを選ぶかもしれない。

うまくいかない可能性の方がきっと高いんだろう。大体冷静に考えれば、高校生の恋愛なんてそうそう実ったりしない。

でも、どうせダメだって、死んだ目で受け流して、諦めるのを当たり前にして生きるのは、もうやめるんだ。

まだ見ぬ世界に期待して、ドキドキして、本気で全力でやりたいんだ。

そうじゃなかったら……そうじゃなかったら、この世界で生きる意味が、ないじゃないか。

だから、やるんだ。

そして生きる意味をものにしてやる。

遠くでパトカーのサイレンの音が鳴っている。

今だけは楽しい気分でいさせて欲しい。

目がかすみ始めていて、僕はもう、あまり目が見えない。いつまで見えるかはわからない。

青木は、目の前の一部始終が、現実の出来事なのだと、やっと飲み込めた途端、またいつかのように涙を、しゃくりあげながら、たくさんの涙を、こぼし始めた。

青木は、ロウソクの火のすぐそばで、ぐしゃぐしゃの、泣き笑いの、顔をしていた。

僕たちは、更に追い打ちをかけるように、彼女に向かって声をかける。

「誕生日、おめでとう」

口元に揺らめく炎。

青木は、うりゃ、と叫んで、強く息を吐き出した。

あとがき

ずっと生きるのが苦しかった。

この小説は、僕が人生で一番最初に書いた小説だ。

その頃、二十五歳の僕はどん底だった。

小説を書くために会社を辞めて、一人でマンションの部屋に引きこもって生活していた。それまで、一度も小説を完成させたことがなかった。このままでは小説家になれない。そう思った僕は、自分を追い込むために会社を辞めて無職になった。理性的な選択とは言えない。後がなかった。

小説家になれる自信はなかった。正直そんなものはゼロだった。むしろ、なれないだろうと思っていた。小説家になりたかったが、しかし一方でそんなことは究極的にはどうでもよかった。何より大事なのは、自分の人生が、小説を書いた人生か、小説を書かなかった人生か、どちらに属することになるのかという問題だった。

一度も小説を完成させないままでは死んでも死にきれない。

そんな人生では、何のために生きてきたのかわからない。

小説を書ける自信もなかった。何度も挫《ざ》折《せつ》してきた。僕の人生は、小説を書くことが出来ない挫折感と共にあった。どうやって小説を書いていいのか、本当にわからなかった。

暗闇《くらやみ》を歩くように手探りで小説を書き始めた。

そのとき僕が書き始める前に唯一《ゆいいつ》決めたのは、遺書のつもりで小説を書こう、ということだけだった。他は何も考えてなかった。

一行目を書き、その書いた文章を読みながら、次の文章を考えた。小説は全然進まなかった。自分が何を書こうとしているのかもよくわからなかった。朝起きてから夜寝るまで、ずっと、焦《あせ》っていた。生活のことは捨てていた。

誰とも会わずに、連絡も取らずに、ずっと引きこもっていた。それで、たまに深夜、部屋の外に出た。人の気配のない夜の道を延々一人で歩いた。これから自分はどうなるんだろう、とぼんやり思った。思春期のとき以来久しぶりに、死の感覚が身近にあった季節だった。

書き終えたとき、手応《てごた》えがあった。この小説で自分はデビューするんだと思った。そう考えると、興奮した。

結果として、僕はデビューすることは出来なかった。新人賞に応募したけど、落選した。目の前が真っ暗になった。人生終わった、と思った。

それでも、この小説を書いたことで僕は小説家になれたのだと思う。デビューからの三作を読んでくださった方にはわかるかもしれないけど、以前の作品は全《すべ》て本作が何か原型になっているようなところがある。この作品を元ネタにして、僕は最初の三作を書いた。

だけど、デビューしてから、この作品を本に出来なかったことがずっと心残りだった。どうにかして本に出来ないか、考えていた。僕が今まで書いた中で一番好きな小説だった。本当は、新しい作品を書くべきなのかもしれなかった。ただ、自分の作家としてのキャリアの問題とは別に、この小説を出してから次に進みたいという気持ちが強かった。これはそういう小説だったからだ。僕が心の底から最初に書きたいと思った小説だった。

そういう自分の中の本当に大切な気持ちをないがしろにして生きていくのはダメだと思った。

原稿を改めて読み返すと、これまで出版した三作と内容が被《かぶ》っている箇所がたくさんあった。このまま本には出来ない。大きく小説を直す必要があった。

一方で最近の僕はすっかり小説が書けなくなっていて困っていた。この小説を書いていた頃の狂気やハングリーさなど微塵《みじん》も残っていない。テンションが違い過ぎる。小説を直し始めてすぐ、僕は精神的な問題にぶち当たることになった。あの頃若かった自分が震えながら必死で書いていた小説を、三十三歳になった僕がエアコンの効いた部屋で偉そうに直すのはどうなんだろうという気持ちもあった。何度も書き直しては消した。締め切りが迫ってくる。やがて僕は開き直って、今の自分の気持ちを正直に小説の中に書くことにした。

ゲラになってもまだ原稿を大幅に直している。あとがきを書いている今も、僕は全然冷静ではない。この小説を読んで引いてしまう人も中にはいるかもしれない。出さない方が利口なのかもしれないけど、僕はどうしてもこの小説を世に出したかった。

高校生のとき、ずっと非常階段から屋上に続くドアにもたれて小説を読んでいた。これは僕のそんな青春が全部詰まっている小説だ。だから僕は、この小説が大好きだ。この小説を出せて本当に良かった。やっと小説家として本当の意味でスタート出来る。そんな気持ちです。

謝辞です。イラストを描いて下さったloundrawさん。改稿中、イラストを見せて頂き、何度も勇気づけられました。本文では、イラストから影響を受けた箇所もあります。このイラストがあって、初めて作品が完成したような気がしています。担当編集者の小川寛太様。編集長の髙橋裕介様。マネージャーの石井龍様。ブックデザインを担当して下さったTHINKRの方々。校閲の方。営業・宣伝の方。これから本を売って下さる書店の方。その他たくさんの関係者の方々。感謝してもしきれません。

そして何より、この本を読んで下さった読者の方へ。

ありがとうございます。

この小説を読んでもらえて、僕は本当に嬉《うれ》しいです。

次、僕は単行本という形式で小説を書く予定です。予定なのでどうなるかわかりませんが、一般的に、単行本にはあとがきはつきません。ということは、これが僕の、とりあえずは最後のあとがきとなってしまうことになります。寂しいです。

次の本は勝負です。もしダメなら、小説家として終わるかもしれません。僕も怖いですが、初心を思い出して、虚心坦懐《たんかい》に書こうと思います。

また次の本を読んで頂けるように、これからも頑張ります。

佐野　徹夜

本書は新潮文庫のために書き下ろされた。

福永武彦著

草の花

あまりにも研ぎ澄まされた理知ゆえに、友を、恋人を失った彼――孤独な魂の愛と死を、透明な時間の中に昇華させた、青春の鎮魂歌。

福永武彦著

忘却の河

中年夫婦の愛の挫折と、その娘たちの直面する愛の不在……愛と孤独を追究して、今も鮮烈な傑作長編。池澤夏樹氏のエッセイを収録。

村上春樹著

世界の終りとハードボイルド・ワンダーランド

谷崎潤一郎賞受賞（上・下）

老博士が〈私〉の意識の核に組み込んだ、ある思考回路。そこに隠された秘密を巡って同時進行する、幻想世界と冒険活劇の二つの物語。

村上春樹著

1Q84

―BOOK1〈4月－6月〉前編・後編―

毎日出版文化賞受賞

不思議な月が浮かび、リトル・ピープルが棲《す》む1Q84年の世界……深い謎を孕《はら》みながら、青豆と天吾の壮大な物語《ストーリー》が始まる。

堀　辰雄著

風立ちぬ・美しい村

高原のサナトリウムに病を癒やす娘とその恋人の心理を描いて、時の流れのうちに人間の生死を見据えた「風立ちぬ」など中期傑作2編。

谷崎潤一郎著

春琴抄

盲目の三味線師匠春琴に仕える佐助は、春琴と同じ暗闇の世界に入り同じ芸の道にいそしむことを願って、針で自分の両眼を突く……。

一條次郎著
レプリカたちの夜
新潮ミステリー大賞受賞

動物レプリカ工場に勤める往本は深夜、シロクマと遭遇した。混沌と不条理の息づく世界を卓越したユーモアと圧倒的筆力で描く傑作。

恩田　陸著
球形の季節

奇妙な噂が広まり、金平糖のおまじないが流行り、女子高生が消えた。いま確かに何かが大きく変わろうとしていた。学園モダンホラー。

伊坂幸太郎著
重力ピエロ

ルールは越えられるか、世界は変えられるか。未知の感動をたたえて、発表時より読書界を圧倒した記念碑的名作、待望の文庫化！

朝吹真理子著
きことわ
芥川賞受賞

貴子《きこ》と永遠子《とわこ》。ふたりの少女は、25年の時を経て再会する——。やわらかな文章で紡がれる、曖昧で、しかし強かな世界のかたち。

梨木香歩著
家守綺譚

百年少し前、亡き友の古い家に住む作家の日常にこぼれ出る豊穣な気配……天地の精や植物と作家をめぐる、不思議に懐かしい29章。

綿矢りさ著
ひらいて

華やかな女子高生が、哀しい眼をした地味な男子に恋をした。でも彼には恋人がいた。傷つけて傷ついて、身勝手なはじめての恋。

朝井リョウ著

何者

直木賞受賞

就活対策のため、拓人は同居人の光太郎や留学帰りの瑞月らと集まるようになるが――。戦後最年少の直木賞受賞作、遂に文庫化！

リリー・フランキー著

東京タワー
―オカンとボクと、時々、オトン―

本屋大賞受賞

オカン、ごめんね。そしてありがとう――息子のために生きてくれた母の思い出と、その母を失う悲しみを綴った、誰もが涙する傑作。

吉田修一著

東京湾景

品川埠頭とお台場、海を渡って再び恋のキセキが生まれる。湾岸を恋の聖地に変えた傑作小説に、新ストーリーを加えた増補版！

米澤穂信著

満願

山本周五郎賞受賞

磨かれた文体と冴えわたる技巧。この短篇集は、もはや完璧としか言いようがない――。驚異のミステリー3冠を制覇した名作。

中村文則著

土の中の子供

芥川賞受賞

親から捨てられ、殴る蹴るの暴行を受け続けた少年。彼の脳裏には土に埋められた記憶が焼き付いていた。新世代の芥川賞受賞作！

平野啓一郎著

決壊（上・下）

芸術選奨文部科学大臣新人賞受賞

全国で犯行声明付きのバラバラ遺体が発見された。犯人は「悪魔」。'00年代日本の悪と赦しを問うデビュー十年、著者渾身の衝撃作！

堀江敏幸著

雪沼とその周辺

川端康成文学賞・谷崎潤一郎賞受賞

小さなレコード店や製函工場で、旧式の道具と血を通わせながら生きる雪沼の人々。静かな筆致で人生の甘苦を照らす傑作短編集。

桐野夏生著

東京島

谷崎潤一郎賞受賞

ここに生きているのは、三十一人の男たち。そして女王の恍惚を味わう、ただひとりの女。孤島を舞台に描かれる、〝キリノ版創世記〟。

河野裕著

いなくなれ、群青

11月19日午前6時42分、僕は彼女に再会した。あるはずのない出会いが平坦な高校生活を一変させる。心を穿つ新時代の青春ミステリ。

竹宮ゆゆこ著

砕け散るところを見せてあげる

高校三年生の冬、俺は蔵本玻璃に出会った。恋愛。殺人。そして、あの日……。小説の新たな煌めきを示す、記念碑的傑作。

中西鼎著

東京湾の向こうにある世界は、すべて造り物だと思う

文化祭の朝、軽音部の部室で殺された彼女が、五年後ふたたび僕の前に現れた。大人になりきれないすべての人に贈る、恋と青春の物語。

河野裕著

さよならの言い方なんて知らない。

あなたは架見崎の住民になる権利を得ました。一通の奇妙な手紙から始まる、死と隣り合わせの青春劇。「架見崎」シリーズ、開幕。

デザイン　THINKR

さよなら世界《せかい》の終《お》わり

新潮文庫　さ－92－1

令和二年六月一日発行

著者　佐《さ》野《の》徹《てつ》夜《や》

発行者　佐藤隆信

発行所　株式会社新潮社

郵便番号　一六二—八七一一
東京都新宿区矢来町七一
電話　編集部(〇三)三二六六—五四四〇
　　　読者係(〇三)三二六六—五一一一
https://www.shinchosha.co.jp

価格はカバーに表示してあります。

乱丁・落丁本は、ご面倒ですが小社読者係宛ご送付ください。送料小社負担にてお取替えいたします。

印刷・錦明印刷株式会社　製本・錦明印刷株式会社

ISBN978-4-10-180190-2 C0193